# 초등방학 12번

방학이 끝나고 더욱 성장하는 아이의 비밀

**발 행** | 2020년 1월 7일
**저 자** | 원동인
**편 집** | 차영민
**펴낸이** | 한건희
**펴낸곳** | 주식회사 부크크
**출판사등록** | 2014.07.15.(제2014-16호)
**주 소** | 서울 금천구 가산디지털1로 119 SK트윈테크타워 A동 305-7호
**전 화** | 1670-8316
**이메일** | info@bookk.co.kr

ISBN | 979-11-272-9394-9

www.bookk.co.kr

# 초등방학 12번

방학이 끝나고 더욱 성장하는 아이의 비밀

원동인 지음

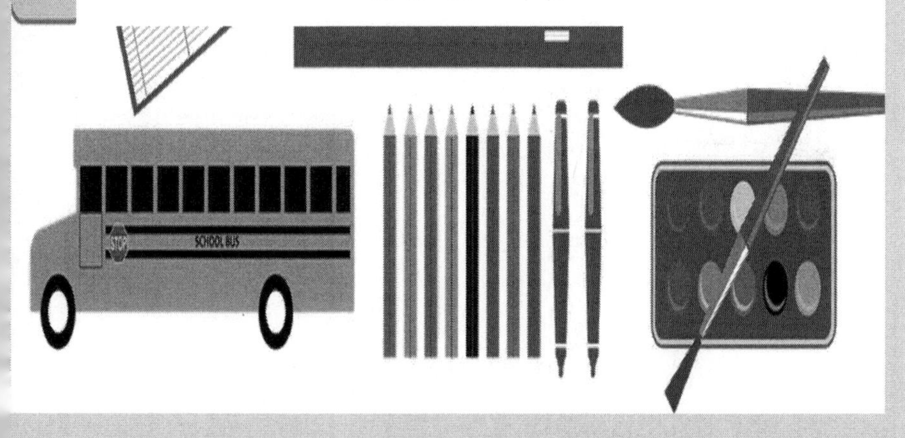

# 목차

# 프롤로그

상위 1%,

명문대에 입학한 학생들이 고등학교에서 휴일과 방학 때 하루 10시간 이상 자습한 결과다. 그 누구의 감시나 독촉 없이 스스로 그 긴 시간을 자습하여 원하는 명문대에 입학했다. 초등학생부터 스스로 공부하는 습관과 내공을 기르는 것이 무엇보다도 중요하다고
**[진짜 전교 1등 자습을 한다]**에 여러 연구 사례를 근거로 소개하였다.

이번 [초등방학 12번]에서는 구체적으로 어떻게 계획을 세우고 방학을 효과적으로 보낼 것인가를 말하고자 한다. 특히 초등학교의 교육방법으로 '3+1'을 권하고 싶다. 3은 [독서+수학+영어]이고, 1은 [취미]이다.
자세한 내용은 본문에서 확인하자.

학부모들을 대상으로 강연을 하면 엄마들의 질문 중에 "옆집 아이는 이제 2학년인데, 수업이 끝나고 도서관에 가서 1, 2시간 책을 읽고 집으로 오는데 부럽다. 어떻게 하면 되는 거냐?" 혹은 "내가 아는 아이는 아침에 일어나 연산 수학을 하고 한자 공부를 한 다음에 등교하는데 어떻게 어린 초등학생이 아침 공부를 하느냐?" 등의 질문을 듣는다. 그런데 세상에 책을 좋아하는 아이는 없다.

아이가 도서관을 편하게 다니고 아침에 공부하는 것은 그 부모가 많이 노력한 결과다.

생각해 보자. 초등학교 2학년 아이가 혼자 학교 도서관에 가서 책을 읽고 책을 대출해 온다는 것은 그 부모가 도서관이라는 것을 알려주고 같이 도서관에서 책을 읽으며 도서관 이용 방법을 반복해서 알려 준 결과일 것이다.
읽지 못한 책은 대출 시스템을 이용해 빌려 올 수 있다는 것을 아이와 같이 반복 실행하면서 습관화한 결과다. 도서관 가는 옆집 아이는 하늘에서 떨어진 것이 아니다. 초등학교 때 아이에게 학습 습관을 길러주기 위해 부모와 아이는 [2인 3각]으로 행동해야 한다.

이 책에서는 초등학교 때 해야 할 [독서+수학+영어]의 구체적인 학습법을 소개하고 있다. 또 12번의 방학을 효과적으로 보내기 위한 계획 작성법 예시를 들고 있다. 아이에게 스스로 공부하는 습관을 길러 줄 수 있는 시간을 초등학교 6년이 전부라고 해도 과언이 아니다. 이렇게 귀중한 시간을 아이와 같이 2인 3각으로 노력한다면 그토록 원하는 명문대 입학에 한 걸음 더 다가갈 수 있다. 엄마 아빠도 처음으로 학부모가 되어 모르는 부분도 있고 시행착오도 있을 수 있다. 그러나 초등학교 부모에게 그것을 만회할 수 있는 방학이 있다. 이 방학을 잘 이용하면 아이의 행복을 미래를 설계할 수 있다.

책 말미에 부록 1, 2, 3을 따로 구성하였다. 초등학교 때 학년별로 읽어야 할 필수 도서, 각 학년별 수학 단원과 개념, 교육부에서 제시하는 초등 영어 기본 800 단어이다. 우리 아이들이 무엇을 배우는지 전체적으로 파악하고 아이들 학습지도에 도움이 되었으면 한다.

또한 적은 양 같지만 이것이 매 학기 매년 쌓이면 많은 양이 된다는 것을 인지하고 학기 중 부족한 부분을 방학 때 반드시 보충하기 바란다. 이 책이 초등학교 학부모들에게 도움이 될 것임을 믿어 의심치 않는다.

"You can do it!"

# PART 1
# 공부 지도에도 기본이 있다

1-1 공부를 잘한다는 것은 무엇인가.

1-2 우리 아이 학업 성취도를 확인하자.

1-3 아이의 학습능력을 직접 확인하자.

1-4 학기 중 기상 시간은 방학 때도 유지돼야 한다.

1-5 스마트폰과 TV는 엄격히 관리하자.

1-6 저절로 책이 좋아지는 아이는 없다.

1-7 멍 때리는 시간도 필요하다

## 1-1. 공부를 잘한다는 것은 무엇인가.

“그 집 아이는 공부만 잘하는 것이 아니라 예의도 바르고 운동도 잘해! 못 하는 게 뭐야?”

주위에서 흔히 듣는 말이다. 그런데 공부 잘하는 아이가 다른 것도 잘하는 경우가 많은 이유는 공부를 잘한다는 것은 비단 머리가 좋거나 시험 보는 기술이 좋다는 것만을 의미하지 않기 때문이다. 공부를 잘한다는 것은 놀고 싶고 딴짓하고 싶은 욕구를 참고 공부하는 자기통제력을 갖고 있다는 것을 의미한다. 다시 말해 자기통제력이 높으면 생활 습관이 훌륭하고 공부를 잘한다는 것이다. 자기통제력은 놀고 싶어도 자신이 해야 하는 학습지나 모둠 활동을 끝까지 해내게 한다. 친구들과 재미있게 하던 놀이도 공부할 시간이 되면 정리하고 자기 자리로 돌아오게 한다.

이 책의 시작을 자기통제력으로 시작하는 이유는 자유로운 시간이 많은 방학 동안 무절제한 습관으로 자신의 생활이 무너져 개학 후 리듬을 되찾는 것이 힘든 경우가 많기 때문이다. 하지만 방학 중에 오히려 자기통제력이 길러져 좋은 습관을 만든다면 학교생활은 더 즐거울 것이다.

하나의 실험을 살펴보자. 한 분야에서 자기통제력을 키웠을 때 다른 분야에 미치는 영향을 실험했다. 이를 위해 세 개의 집단으로 나누었다. 한 집단은 체력 단련을 하려는 사람들 또 다른 집단은 재정 관리를 하고자 하는 사람들 한 집단은 공부 습관을 기르고자 하는 사람들로 나누었다. 그리고 각 집단은 자신의 목표를 달성하기 위해 운동, 재정, 공부에 대한 계획을 짜고 일지를 기록하면서 훈련해 나갔다. 이 세 집단은 가끔씩 연구실에 와서 운동, 돈 관리, 공부와 전혀 상관없는 훈련을 받았다. 예를 들면 컴퓨터 화면에서 사각형이 깜박거리다 나중에는 제멋대로 자리를 바꾸는데 컴퓨터 마우스를 사용해 깜박거렸던 사각형을 찾아내는 것이었다. 이 테스트에 성공하려면 처음부터 사각형을 잘 보고 움직임을 주시해야 한다. 그런데 이 테스트를 할 때 가까운 곳에 개그 TV 프로그램을 틀어 놓았다. 높은 점수를 받으려면 농담과 웃음을 무시하고 지루한 사각형에 집중해야 한다. 이는 자기통제력을 요구하는 과제였다.

몇 주 후, 정기적으로 체력 단련을 했거나 돈 관리를 했거나 공부를 해온 피실험자들은 개그 프로그램을 무시하고 사각형 실험에서 큰 진전을 보였다. 이는 정신적으로 유혹을 견디는 힘을 갖게 되었음을 의미한다.

체력 단련 프로그램에 참여한 이들은 체력이 향상되었고 공부습관향상 프로그램에 참여한 이들은 학업 성과가 더욱 좋아졌고 재정 관리 프로그램에 참가한 사람들은 더 많은 돈을 절약할 수 있었다. 그런데 또 놀라운 것은 이들이 다른 부분에서도 향상된 모습을 보였다는 것이다. 공부습관향상 프로그램에 참여한 학생들은 이전보다 자주 운동을 했고 충동구매를 자제했다. 또한 체력 단련과 재정 관리 프로그램에 참여한 학생들은 이전보다 공부를 더 열심히 했다. 한 분야에서 실시한 자기통제 훈련이 삶의 모든 부분을 향상시켰다. 어떤 참여자들은 심지어 이 실험을 통해 화를 잘 내던 성격이 바뀌었다고 말했다. 즉 한 분야에서 통제력을 기르면 다른 부분에 있어서도 통제력이 발휘된다는 것이다. 자기통제력이 좋은 아이가 30년 뒤 연봉이 더 좋다는 말이 괜히 나온 게 아니다. 우리에게 기쁜 소식은 자기통제력은 후천적 양육에 의해 좌우된다는 사실이다. 자기통제력을 관장하는 전두엽은 아이가 성숙해 나가는 동안 서서히 발달하기 때문이다.

통제력도 고갈된다는 실험이 다양하게 나오고 있다. A팀과 B팀은 동일한 수학 실력을 갖추고 있는 학생들이다. A팀은 맛있는 초콜릿을 먹고 수학 문제를 풀었고, B

팀은 초콜릿을 먹는 A팀을 보며 무를 먹고 수학 문제를 풀었다. 수학 시험의 결과는 어땠을까? A팀의 결과가 더 잘 나왔다. B팀은 무를 먹으면서 초콜릿을 먹고 싶은 마음을 절제하는 데에 통제력을 썼기 때문에 수학 문제를 풀 때 더 집중하기 힘들었던 것이다.

학기 중에는 수많은 일들을 하는데 통제력을 소진한다. 즉 습관 만들기에 사용할 통제력이 부족하다. 하지만 방학은 더 이상 학교생활에 통제력을 사용하지 않아도 되니 좋은 습관을 만드는 데 사용할 수 있다.

그렇다면 어떻게 통제력으로 좋은 습관을 길러줄 수 있을까?

## 통제력으로 좋은 습관을 기르는 방법

습관에 대해 연구하는 사람들은 핵심 습관의 파급력에 대해 말하곤 한다. 단 하나의 습관을 바꾸었을 뿐인데 그것이 연쇄 작용을 일으켜 다른 나쁜 습관을 없애거나 좋은 습관이 만들어진다는 것이다. [습관의 힘] (찰스 두히드(2012), 갤리온)이라는 책에서 "핵심 습관을 바꾸면 다른 모든 것을 바꾸는 것은 시간 문제일 뿐이다"라고 말했다.

아이들 역시 마찬가지다. 일찍 일어나기, 스마트폰 사용하지 않기, 하루 계획을 세우고 실천하기, 매일 운동하기 등 하나의 핵심 습관을 정해서 방학 때 그것 하나만은 습관을 들이도록 노력해 보자. 21일은 생각이 대뇌피질에서 뇌간까지 내려가는 데 걸리는 최소한의 시간이다. 생각이 뇌간까지 내려가면 그때부터는 심장이 시키지 않아도 뛰는 것처럼 의식하지 않아도 습관적으로 행하게 된다. 즉 21일간 무엇인가를 지속하면 습관을 만들 수 있다는 것이다. 방학 때 만든 핵심 습관은 다른 습관뿐 아니라 학기 중의 생활에도 좋은 영향을 미칠 것이다. 핵심 습관으로 좋은 것은 운동, 정리 정돈, 독서 등인데 대화를 나눠 목표를 정하자. 그리고 매일 꾸준히 체크하자.

방학 동안 온 가족이 습관 만들기 프로젝트를 하는 것도 좋은 방법이다. 하나씩 만들고 싶은 핵심 습관을 정해 거실에 붙여 놓고 서로 격려하고 감사하면서 강화한다. 아이는 자기만 힘들게 고생하는 것이 아니라 온 가족이 함께하고 있다는 사실에 힘이 난다. 아이가 세운 계획, 만들기로 한 핵심 습관을 잘 해냈을 때 보상을 해 주는 것도 나쁘지 않다. 하지만 보상을 약속했을 때 지키지 않으면 보상을 하지 않는 것보다 못할 수 있다. 부모의 언행일치가 통제력에 영향을 미칠 수 있다는 사실을 기억해야 한다.

## 1-2. 우리 아이 학업 성취도를 확인하자.

'그동안 내 아이는 담임선생님에게 어떻게 평가되었을까?', '국제중, 특목고, 대입 수시 1차 서류전형에 무엇을 내야 하는 거지? 미리미리 관리해야 할 텐데.', '학교성적이나 건강상태 등을 편하게 집에서 확인할 수는 없을까?'

초중고 재학생을 둔 학부모가 궁금할 것들이 한곳에 모여 있는 곳이 있다. '나이스 학부모 서비스'다. (나이스: www.neis.go.kr) 이 사이트에서는 자녀의 학교생활 기본 정보뿐만 아니라 표준점수분석표 같은 개인별 맞춤형 학업성적, 학교생활기록부 등을 열람할 수 있다. 내 아이가 어떻게 평가되고 관리되고 있는지 학부모는 눈에 불을 켜고 들여다봐야 한다. 그리고 사실과 다른 부분이 있다면 발견 즉시 수정을 요청하고 부족한 부분은 방학을 이용해서 채우도록 노력해야 한다.

이것이 바로 방학 공부를 시작하기 전 해야 할 일이다. 초등학교에서는 담임선생님이 학생부라는 틀에 학생의 학교생활정보를 누적하여 기록한다. 학부모는 아이의 학생부에 기록된 성적과 출결 상황, 수상명세, 신체발달 등 모든 항목을 열람할 수 있다. 이 자료들을 보기 위해서는 우선 승인 신청 절차를 밟아야 한다. 승인 신청 절차는 '나이스 학부모 서비스' 홈페이지에 들어가 학부모 정보(이름과 주소, 휴대전화번호 등)와 학생 정보(학교명, 학생 이름, 생년월일, 학년, 반 등)를 입력한 후에 신청 버튼을 클릭하면 된다. 대부분 2~3일 내에 학교의 승인이 이루어지고 핸드폰으로 문자를 보내주는데 문자를 받은 이후에는 언제 어디에서든 학생부 내용을 열람할 수 있다. 학부모는 학부모 서비스에 로그인하여 출결은 제대로 입력되어 있는지, 이번 학기에 받았던 상장에 대한 기록은 잘되어 있는지 확인할 필요가 있다. 수시로 들어가서 체크 하는 것보다는 아이가 성적표를 받아오는 방학식 날, 그러니까 학기 중 마지막 날쯤에 한 번 들어가서 총괄 점검하는 것이 좋다. 만약 담임선생님이 입력한 내용 중 빠진 항목이나 수정이 필요한 항목이 발견된다면 바로 전화하여 관련 항목을 체크해 달라고 부탁해야 한다. 보통 학기 단위로 학생부를 마감하기 때문에 그 전에 부탁하는 것이 좋다. 학기가 바뀌거나 학년이 바뀐 후, 혹은 전학을 가고 난 뒤에 학생부 내용을 수정하려면 번거로운 절차를 밟아야 한다. 따라서 학기를 마감할 때 반드시 한번은 체크하는 것이 좋다.

## 아이가 부족한 영역, 제대로 확인하자.

'이번 방학을 어떻게 보낼 것인가'에 대한 체계적인 계획을 세우기 위해서는 아이의 학업 성취도를 점검할 필요가 있다. 학급 아이들 중 내 아이의 현재 위치를 객관적으로 확인할 수 있는 학업성취도는 아이가 방학 동안 어떤 부분을 보충해야 하는지를 한눈에 파악할 수 있는 구체적인 자료가 된다. 학업성취도 평가 메뉴에 들어가 보면 수행평가 결과를 그래프로 분석해 놓았다. 수능에서의 표준편차에 해당하는 그래프라고 생각하면 된다. 표준점수란 영역의 평가점수를 백분위로 환산하여 점수화한 것을 말한다. 다시 설명하자면 국어 교과에는 문학, 문법, 듣기, 쓰기, 읽기, 말하기 등 6개 영역이 있는데 학기 중 실시한 영역별 수행평가 결과를 100점 만점으로 환산해 학년 전체평균, 상위 30% 평가결과와 내 아이의 점수를 쉽게 비교할 수 있도록 그래프로 제시한 것이다.

그럼 내 아이의 학습영역 중 부족한 부분과 보충해야 할 부분 강화해야 할 부분을 어떻게 찾아내야 할까? 먼저 학급 아이들과 함께 생활하는 담임선생님은 내 아이의 부족한 부분이 무엇이라고 평가했는지 자료를 꼼꼼히 들여다보자.

방학이 시작되기 전부터 대부분의 학부모들은 '어떤 학원을 보낼 것인가?'를 놓고 고민한다. 하지만 그 전에 내 아이의 부족한 점이 무엇인지 왜 이런 평가를 받았는지에 대해 아이와의 대화나 담임선생님과의 전화통화를 통해 기본 생활습관과 전반적인 학습태도를 살펴봐야 한다. 그래야만 학원에서든 학교에서든 원하는 결과를 얻을 수 있다.

엄마를 빼고 아이를 가장 많이 지켜보는 사람은 담임선생님이다. 담임선생님의 의견을 꼭 듣자.

## 1-3. 아이의 학습능력을 직접 확인하자.

“90점이면 공부 잘하는 거잖아요?”

예를 들어보자. 초등학교 수학시험에서 90점을 맞은 아이는 정말로 수학을 잘하는 아이라고 할 수 있을까?

대답은 ‘NO’

90점이라는 점수는 단지 ‘평균 정도의 수학 능력을 습득했다’는 의미로 받아들이면 정확하다.

그렇기 때문에 학부모들은 방학이 시작됨과 동시에 지난 학기에 배운 교과별 성적을 점검해야 한다. 그것은 ‘사이버 가정학습’을 이용하면 된다.

지금 당장 지역별 사이버 가정학습에 가입하자.

서울은 ‘꿀맛닷컴, 그 외 16개 시도는 ‘다높이’이다.

## 사이버 가정학습 평가메뉴의 장점

1. 난이도 조절이 가능하다.

모든 교과를 상, 중, 하의 난이도별 문항수만 선택해주면 각 난이도에 속한 문항이 모인 문제지가 만들어진다.

2. 문항수와 시험시간을 조절할 수 있다.

상, 중, 하로 각각 6문제씩 18문제를 출제할 수도 있고 공부를 잘하는 아이라면 '상' 수준으로만 20개 문제를 만들 수도 있다.

3. 특정 단원만 선택하여 풀 수 있다.

특정 단원만 골라서 문제를 낼 수 있다. 예를 들어 1, 4, 6단원에서만 문항을 출제하여 문제지를 만들 수 있고 5단원에서만 원하는 문항수를 원하는 난이도로 조절하여 출제할 수도 있다.

4. 시험 채점이 용이하다.

시험은 마우스를 이용하여 인터넷 화면에서 볼 수도 있고 출력하여 풀 수도 있다.
컴퓨터로 응시하게 되면 마우스와 키보드를 이용해 문제를 푼 뒤 답안제출 버튼만 누르면 1초 만에 자동채점이 되어 정답과 점수가 나온다.

5. 같은 문제로 출제하는 건 불가능하다.

사이버 가정학습에는 단원별 보유 문항수가 난이도별로 각각 몇백 개씩 준비되어 있다. 문제는 매번 자동으로 출제되기 때문에 같은 문제로는 출제가 불가능하다.

6. 틀린 문제에 대한 강의가 준비되어 있다.

사이버 가정학습은 과목별, 단원별, 차시별로 녹화한 강의를 보유하고 있어 '자율학습' 수강을 신청하면 누구나 부족한 단원을 찾아 공부할 수 있다. 이것은 학기 중에는 예습과 복습, 단원평가로 활용할 수도 있다. 사이버 가정학습의 모든 콘텐츠는 무료로 이용 가능하다.

## 7. 학습습관에 대한 진단과 처방이 가능한 관리프로그램이 있다.

초등의 경우에는 4, 5, 6학년 학생에 한해서만 학습습관 진단이 가능한데 이것을 통해 알게 된 좋은 학습습관은 성적을 올리는 단초가 될 수 있다. 학교생활과 목표의식, 올바른 학습습관을 익히기 위한 선수진단으로 약 100개의 문항에 답하면서 학생을 진단하고 약점영역과 영역별 진단을 통해 조언을 해주는 그리고 그에 맞는 공부법을 안내하는 프로그램이므로 한 번쯤 활용해볼 만하다.

## 1-4. 학기 중 기상 시간은 방학 때도 유지돼야 한다.

 눈을 떴을 때 침대에서 바로 일어나지 못하고 다시 눕고 마는 아이는 스스로 무언가를 해내야겠다는 의지와 자기 시간을 소중히 보내려는 실천력이 부족한 아이다.

'방학인데 왜 이렇게 일찍 일어나야 하는 거지?'
'꼭 지금 할 필요 없잖아. 오후에 하면 되지.'

 이런 생각을 하고 있는 아이는 의지가 부족한 경우가 많고 미래에 대한 목표를 명확하게 세우지 못했을 가능성이 높다. 아이가 이런 경우라면 부모는 아이와 대화를 준비해야 한다. 아침이라는 시간을 하루의 시작이라는 막연한 의미로 설명하기보다는 계획한 일들을 준비하고 실천하는 첫 단추라는 의미로 설득해야 할 것이다.
 아침에 일어나 성적이 떨어진 과목을 공부하든 읽고 싶었던 책을 읽든 짧은 시간을 만족스럽게 보내면 점심을 먹는 식탁에서 아이의 표정이 매우 밝아진다. 이는 자기 성취감이 만들어낸 뿌듯함과 학습목표량의 도달이 주는 마음의 여유 때문이다. 게다가 아이의 뇌가 활발한 운동을 한 덕분에 점심도 맛있게 먹을 수 있다.

나의 딸아이는 아침에 일어나 수학 연산 문제, 사고력 문제, 한자를 공부하고 있다.

방학 동안 당신의 아이는 아침 시간을 잘 보내고 있는가? 오늘 아침 8시에 아이는 무엇을 하고 있었는가? 밥을 먹고 있었는가? TV 앞에 앉아있었는가? 전날 밤늦게 잠들어 이불에서 나오지 못했던 것은 아닌가? 학기 중의 기상 시간과 식사습관이 방학 기간에도 반드시 유지되어야 한다. 무엇보다도 목표한 하루 학습량과 과제량의 70% 이상을 점심시간 전에 끝마친다는 목표를 세워야 한다.

그리고 한 가지 더 체크해보자. 같은 시각 부모인 당신의 모습은 어땠는지 떠올려보자. 부모가 먼저 뚜렷한 목표와 각오를 새기고 아침을 기다려야 아이도 부모의 모범적인 모습을 그대로 본받는다. 학기 중의 기상습관과 식사습관이 방학 기간에도 반드시 유지되어야 한다.

오늘 아침의 아이가 이뤄낸 목표가 아이의 미래를 결정한다는 것을 잊지 말자.

## 1-5. 스마트폰과 TV는 엄격히 관리하자.

'컴퓨터의 황제'로 군림하며 마이크로소프트(MS) 공동창업자인 빌 게이츠 역시 자녀의 컴퓨터 게임 문제로 골치를 앓았다고 한다. 큰딸이 컴퓨터 게임에 빠져 게임중독 증상을 보이자 평일에는 45분, 주말에는 한 시간으로 제한하되 숙제를 위해 컴퓨터를 사용하는 시간은 예외로 인정해 주는 등 규칙을 만들었다. 또한 윈도우 내 '자녀보호' 기능을 탑재하게 해 아이들의 컴퓨터 사용 시간을 관리할 수 있도록 했다. 어찌 보면 디지털 시대를 사는 아이들이 디지털에 빠지는 건 당연한 것이다. 그러나 그렇다고 방치할 수도 없다.

스마트폰이나 TV에 빠진 아이들의 대부분은 부모가 바쁘거나 정서적인 애착 관계가 잘 만들어지지 않은 아이들이다. 혹은 현실에서 느끼는 성취감이 부족해 게임을 통해서라도 인정받고자 하는 심리가 큰 아이들이다. 더욱이 놀 거리가 부족한 아이들에게 스마트폰은 시간을 때우는 가장 쉽고 수동적인 방법이다. 손쉽게 몰입감과 쾌락을 느낄 수 있기 때문에 스마트폰은 '심심함'에 대한 가장 달콤하고 간단한 처방인 것이다.

부모와의 건강한 애착 관계, 정서적 안정은 디지털 기기의 중독을 막을 수 있다. 바쁘고 힘들더라도 아이와 장보기, 배드민턴 치기, 등산하기, 도서관 가서 책보기, 함께 요리 만들어 먹기를 하며 가족과의 애정을 확인시켜 주자. 그러면 아이는 심심할 틈도 없고 무엇인가에 중독될 필요도 없다. 부모와 함께 책을 읽어 보고 공부를 통해 성취감을 느껴 본 아이가 혼자 있어도 자기 할 일을 해내며 공부도 하게 된다.

스마트폰을 언제 사주어야 하느냐는 질문을 많이 받는다. 중요한 것은 부모와 아이가 스마트폰에 대해 충분히 대화하여 스마트폰 사용에 대해 약속한 후, 사주는 것이 중요하다. '스마트폰은 몇 시 이후에는 하지 않는다. 집에서 공부할 때는 스마트폰을 보관 통에 넣는다. 할 일을 다섯 번 못했을 때는 스마트폰 사용을 하루 금지한다'와 같은 약속을 하여 스스로 조절하는 능력을 길러주는 것이다.

TV나 컴퓨터 역시 마찬가지다. 우선 TV를 보는 집안 분위기부터 바꿔야 한다. 그리고 컴퓨터 게임을 하느라 자기 할 일을 못하는 아이와의 싸움을 현명하게 끝낼 방법을 고안해내야 한다. 숙제를 다 했을 때에만 게임을 할 수 있다는 규칙을 정한다. 무조건 하지 못하게 하는 것과는 다르다. 규칙을 안 지켰을 때 어떤 벌칙을 받을 건지도 대화를 통해 미리 정해 놓는다. 스마트폰을 빼앗아 놓는다거나 컴퓨터 전원의 선을 뽑아 놓는 등 일관된 규칙을 세운다. 대화를 통해 규칙을 함께 정하되 그 이후에는 단호한 태도로 철저하게 규칙을 준수한다. 디지털 기기만 관리되어도 아이의 방학은 훨씬 알차진다는 사실을 명심하자.

## 1-6. 저절로 책이 좋아지는 아이는 없다.

모든 공부의 시작은 책 읽기에서 시작해서 책 읽기로 끝난다고 해도 과언이 아니다. 모든 교과 공부가 글을 읽고 이해하는 데서 시작하기 때문이다. 하지만 한글을 읽을 줄 안다고 해서 독해력이 있다는 뜻은 아니다. 책을 읽으며 독해력을 다져야 한다. 그리고 그런 아이는 모든 교과를 공부할 준비가 되었다고 할 수 있다.

그런데 아이들은 왜 책을 좋아하지 않는 걸까? 왜 관심이 없는 걸까? 그 이유를 몇 가지 생각해 보면 다음의 경우가 대부분이다.

1. 꾸준히 정성을 들이지 않았다.

사는 게 바빠서, 여유가 없어서, 집안일 때문에 등 이런 저런 이유로 꾸준한 정성을 들이지 않은 경우다. 책을 좋아하는 아이는 저절로 만들어지지 않는다. 정성을 들인 부모가 반드시 곁에 있기 마련이다.
책을 좋아하지 않는 아이는 책의 재미를 느껴 본 적이 없다. 활자 속 세계를 상상하면서 느끼는 감동, 가슴 전체에 퍼지는 그 쾌감을 느껴 본 적이 없는 것이다.
학원, 학습지에 쏟을 돈을 줄여 책 읽기에 더 투자해 준다면 귀찮더라도 조금만 더 관심을 가져준다면 아이의 가능성이 무한대로 펼쳐질 수 있다.

2. 우선순위에서 밀린다.

학교 숙제에 치이고 학원에 밀리고 책 읽기의 중요성을 알아도 자꾸만 밀리게 된다. 책은 아무리 읽어도 결과가 바로 드러나지 않는다. 책 읽는 시간에 영어 단어 하나를 더 외우는 편이 실력 향상에 도움이 되는 것 같다. 그러다 보니 자꾸만 미루게 되고 더 급하고 중요해 보이는 일들을 하는 사이에 이미 지쳐 버린다.

이는 배고픈데 귀찮다고 밥은 안 먹고 간식만 먹는 행동과 같다. 배는 부르겠지만 제대로 된 영양분을 섭취하지 못하는 것이다.

3. 책보다 재미있는 것이 너무 많다.

TV, 스마트폰, 컴퓨터처럼 재미난 것을 쉽게 할 수 있는 세상에서 책 읽기를 기대한다는 건 다이어트를 하는 사람에게 치킨, 아이스크림, 피자를 앞에 두고 먹지 말라고 하는 것과 비슷하다. 따라서 책에 관심을 갖게 하려면 이것들을 철저하게 막아야 한다. 자극적인 유혹의 바다에 빠지지 않게 해주는 것은 어른의 몫이다.

4. 책 읽기의 효과는 바로 나오는 것이 아니다.

책 읽기와 국어 성적이 비례하는 것은 아니다. 책을 전혀 읽지 않아도 평소 수업을 잘 듣고 교과서 중심으로 충실히 공부해도 초등 국어는 어느 정도 점수를 받을 수 있다. 또한 책을 많이 읽는 아이일지라도 시험공부를 따로 하지 않으면 점수가 나오지 않을 수도 있다. 그 실력의 차이가 나오는 것은 고학년 이후부터다. 책 읽기는 천천히! 그래야 아이의 튼튼한 공부 밑거름이 된다는 것을 잊지 말자.

## 1-7. 멍 때리는 시간도 필요하다.

부모에게 '만약 한 달의 휴가가 주어진다면 무엇을 하고 싶은지' 물어보면 아마도 '아무런 방해도 받지 않고 며칠 푹 쉬고 잠만 자고 싶다'는 대답이 가장 먼저 나올 것이다. 방전된 에너지를 충전하고 나서야 무엇인가 하고 싶은 게 생겨난다. 아이들도 마찬가지다. 평소에도 놀기 위해 태어난 것처럼 잘 노는 아이들이 달콤한 방학이 되면 무엇을 하고 싶을까? 당연히 쉬고 싶고 놀고 싶다.

그러나 부모는 아이가 방학을 무의미하게 보낼까 봐 혼자서 멍하게 있느니 학원이라도 보내는 게 낫다는 마음으로 학원 뺑뺑이를 돌린다. 학원들은 이때다 싶어 각종 방학 특강을 내놓고 부모를 유혹한다. 부모들 나름의 고민들을 모르는 바는 아니지만 누구에게나 아무것도 안하고 여유 있는 시간이 필요하다.

자신이 무엇을 좋아하고 무엇에 관심이 있는지는 혼자만의 시간을 통해 얻을 수 있다. 스스로에 대해 생각해 볼 시간을 갖지 못한 아이는 뒤늦게 사춘기와 방황을 맞이한다. 방학 때 아이들에게 필요한 것들은 다음과 같다.

· 책 읽다가 멍 때리기
· 음악 들으며 멍 때리기
· 감동받은 책 여러 번 읽기
· 가족과 좋아하는 취미활동을 함께하며 서로 공감하기
· 친구들과 충분히 놀며 즐거움 느끼기
· 게임 활동을 통하여 성취감 느끼기
· 하루 종일 아무것도 안 하고 빈둥빈둥 대보기
· 3일 동안 자기가 하고 싶은 것만 해보기

그리고 이 모든 활동을 곁에서 지켜봐 주는 든든한 지지자가 반드시 있어야 한다. 그렇다고 끼어들거나 참견해서는 안 된다. 방향을 안내하고 격려해주는 항상 사랑받고 있음을 느끼게 해주는 정도의 역할이 적당하다.

빌 게이츠는 1년에 두 번씩 '생각 주간'을 갖는다고 한다. 미국 북부 태평양 연안에 있는 2층짜리 자신의 별장에서 아무것도 하지 않고 오로지 생각에만 몰두한다. 빌 게이츠는 왜 이런 시간을 갖는 것일까?

아무것도 하지 않는 빈둥거리는 시간에 가장 창조적인 생각이 떠오른다는 사실을 알고 있기 때문이다. 빌 게이츠는 이를 회사 운영에도 적용해 마이크로소프트사는 공식적인 제도로 '생각 주간(Think Week)'을 만들어 운영하고 있다. 4차 산업혁명이 진행되고 있는 미래에는 더더욱 창의적인 상상력이 요구된다. 하지만 상상력은 비싼 교구나 학원에서 길러지는 것이 아니라 여유 있는 시간 속에서 사색을 하며 창조적인 게으름을 부릴 때 기를 수 있다.

어린 시절 방학은 행복한 추억의 한 조각이다. '시간 채우기'도 필요하지만 그만큼 '시간 비우기'도 필요하다. 아이가 빈둥거릴 수 있도록 며칠은 멍하게 아무것도 안하고 늦잠이든 컴퓨터 게임이든 하고 싶은 대로 충분히 누릴 수 있는 시간을 주자. 물론 그 며칠이 지나고 나서는 컴퓨터 게임이나 스마트폰의 사용을 엄격히 제한해야 한다. 무기력한 시간 소비와 창조적 게으름은 분명히 다른 것이기 때문이다.

# PART 2

# 방학 계획을 세우자

## 2-1. 겨울 방학 노력은 봄에 나타난다.

방학을 앞둔 부모들은 거의 모두 같은 생각을 한다. '언젠가 공부하고 싶어 할 때 힘들지 않게 이번 방학에는 어떻게든 기초를 다져놔야지.'라고 말이다. 그래서 거의 반강제로 책상에 앉아있는 시간을 늘리고 학원 수를 늘리고 교재 수를 늘린다.

솔직히 말하면 이런 전략은 초등 6학년까지다. 이때까지는 어느 정도 효과를 본다. 그런데 '딱' 거기까지라는 것을 알아야 한다. 공부를 뒷받침해주는 생활습관이 자리 잡지 않은 아이라면 말이다. 아이들이 중학생만 되어도 공부습관을 바꾸는 게 쉽지 않다. 공부를 어떻게 하는 것인지 어떤 생활습관이 영향을 주는지에 대해 부모가 간섭할 수 없을 만큼 아이들이 커버렸기 때문이다. 뒤늦게 후회해도 이미 때는 늦었다.

## 아이의 습관은 어른이 만든다.

성적은 습관이 만드는 것이다. 공부하고 숙제하는 것이 습관이 된 아이는 “안 하면 불안해서 계속하는 거예요.”라고 말한다. 공부가 재미있어서 하는 게 아니라 습관이 되어 지속적으로 하게 되는 것이다.

크리스마스 전에 시작되는 겨울 방학은 2월 초까지 계속된다. 약 45일 정도 되는 긴 방학이지만 곧이어 시작되는 봄방학까지 생각하면 사실상 두 달 이상이라고 보아도 무방하다. 기간이 긴 만큼 이 시기는 아이 옆에서 행동습관을 관찰하고 바로 잡기에 충분한 시간이 된다. 이 때 잡힌 행동습관만으로도 다음 학기에 새롭게 만나게 되는 담임선생님에게 칭찬받는 아이로 눈에 띌 수 있고 이로 인한 시너지 효과도 얻을 수 있다. 아이는 담임선생님이 예뻐하는 만큼 그 앞에서 더욱 바른 생활습관을 보이려 할 것이다. 자연스레 성적도 오르게 되기 때문이다. 결국 한 번의 겨울 방학을 제대로 보내면 새롭게 자리 잡은 습관이 새로 만난 선생님과 아이들에게 긍정적으로 비쳐 제대로 자리를 잡게 되고 습관화된다는 말이다.

그렇다면 습관 진단은 어떻게 해야 할까? 진단을 제대로 내리기 위해서는 지난 일 년을 함께 했던 담임선생님과의 상담이 효과적이다.

## 자녀 상담은 3월이 아니라, 12월에 하자.

학교 선생님을 하는 친구에게 물어보았다. 학부모님들은 주로 3월에 학교를 방문하여 아이 상담을 한다는 것이다. 그런데 3월에 새롭게 담임이 되어 아직 아이들을 모두 파악하지 못한 상태에서 상담을 하는 것이 큰 효과가 있을지 모르겠다. 오히려 일년을 마무리하고 나서 "선생님, 제 아이를 처음 보셨을 때와 지금이 어떻게 달라졌나요?", "선생님, 제 아이의 공부 습관은 어떤가요?", "친구들과의 관계가 궁금해요. 누구랑 잘 못 어울리는지, 자주 싸우는 이유는 뭔지 궁금해요." 등 상담을 통해 알아보는 것이 효과적인데 물어오는 학부모는 거의 없다는 것이다.

아이의 습관을 객관적으로 바라보는 방법으로 담임선생님과 상담만 한 게 없다. 하지만 3월에 새로 담임이 되어 아이들 파악도 안 된 상태에서 학부모 상담을 하면 그냥 잘 지낸다는 말 외에는 다른 할 말이 없을 것이다. 하지만 일 년을 다 보낼 때쯤 상담을 하게 되면 지난 일 년 동안 아이에게 어떤 일들이 있었는지 하나하나 충분히 답해줄 것이다. 그러므로 학년 말 담임선생님과의 상담을 통해 아이가 남들에게 어떻게 비치는지 진단하고 방학 때 어떤 습관을 바로잡아 줘야 하는지도 조언을 받도록 하자. 사회에서 성공한 사람들이 쓴 [성공을 위한 50가지 습관]과 같은 책에는 내 아이의 현재 습관이 나와 있지 않다. 습관처럼 컴퓨터 게임을 하고 일요일에는 늦잠을 자는지는 아이와 함께 생활하는 부모만이 알 수 있고 딴생각에 자주 빠지는지 수업시간에 떠들고 무기력한지는 아이의 담임선생님만이 알 수 있는 부분이다. 지금은 아이 주위의 모든 어른들이 머리를 맞대고 앞으로 이 아이가 좀 더 발전할 수 있는 방법이 무엇인가를 찾아내야 하는 시기다. 다시 말하면 가정과 학교가 긴밀하게 연계하여 아이를 지도해야 한다. 아직 늦지 않았다. 담임선생님의 말을 들어보자. 그리고 그것을 기반으로 아이의 습관을 바꿔보자.

저자가 '진짜 전교 1등은 자습을 한다.'에서 말한 바와 같이 초등학교 때 스스로 공부하는 습관, 자습하는 내공을 기르지 못하면 우리가 원하는 명문대 상위 1%는 멀어지는 것이다.

겨울 방학의 효과는 봄에 나타난다. 좋은 습관을 계속 이어갈 수 있도록 격려해주는 것도 중요하지만 더 늦기 전에 잘못된 습관을 고칠 수 있도록 꼼꼼한 지도 방향을 세우는 방학이 되었으면 한다.

## 2-2. 방학 숙제는 꼭 해야 한다.
## 그리고 일기도 독서록도 중요하다.

방학은 학교의 연장이다. 그리고 그 연장선에서 방학 숙제를 내어 주는 것이다. 학교 수업이 없는 방학 때 스스로 계획을 세우고 방학 숙제와 일기, 그리고 독서록 작성을 통해 아이는 성장하고 좋은 습관을 만들 수 있다. 그러나 간혹 부모님 중에서는 방학숙제나 독서보다도 학원을 우선시하는 경향이 있다.

이것은 정말 잘못된 방학 계획이다. 방학 숙제를 우습게 아는 습관이 든다면 과연 아이는 학교 수업에 집중할 수 있겠는가? 따라서 방학 숙제를 중심으로 방학 계획을 세우는 것이 방학 계획 수립 시 중요한 한 축이 된다.

지금 생각해 보면 방학 숙제 중 가장 싫었던 것이 일기와 독후감(독서록)이었던 것 같다. 아마 이 책을 읽고 있는 학부모님들도 고개를 끄덕이고 있을 것이다.

일기는 글 쓰는 기술만이 아니라 생각을 넓혀 주고 관찰력을 키워준다. 아이들이 일기를 쓰기 싫어하는 이유는 쓸 게 없어서다. 아이들은 사소한 것도 일기의 주제가 될 수 있다는 것을 모른다.

친구와 놀았다면 단순히 "친구와 얼음땡을 하고 놀았다. 참 재미있었다." 이렇게 쓴 뒤 더 이상 쓸 게 없다고 한다. 생각을 키워주는 일기를 쓰기 위해서는 다음처럼 질문을 해주어 소재를 찾을 수 있도록 도와주면 좋다.

"오늘 기억에 남는 일이 무엇이니? 친구랑 뭐하고 놀았어? 얼음 땡 놀이는 어떻게 하는 거야? 놀면서 어떤 일이 있었어? 그때 무슨 생각이 들었어?"

이런 질문을 통해 아이는 자신의 생각을 좀 더 구체적이고 생생하게 끄집어낼 수 있게 논리적인 힘도 기르게 된다. 그리고 꼭 일기라고 해서 그날 있었던 일들만 써야 하는 것이 아님을 알려주자.

요즘 학교에서는 많이 하는 게 '주제 일기 쓰기'다. 아이가 쓸 게 없다고 하는 날에는 주제 일기를 써보게 하자. 분명 재미있는 내용이 나올 것이다.

<주제 일기 예시>

· 내가 가고 싶은 곳 3곳 소개하기
· 나의 매력 포인트 소개하기
· 내가 살고 싶은 집을 상상하여 소개하기
· 나에게 요술램프가 주어진다면
  어떤 소원 세 가지를 빌고 싶은가?
· 내가 좋아하는 물건 3가지 소개하기
· 30년 후 나의 자식에게 편지쓰기
· 내 태몽을 듣고 느낀 점을 쓰기
· 내가 선생님이라면 이렇게 할래요
· 내가 부모님이라면 이렇게 할래요
· 오늘 하루 어른이 된다면?
· 내가 투명인간이 된다면?
· 내가 죽기 전 남기는 유서 쓰기
· 내 양말을 빨아 보고 느낀 점 적어 보기
· 가족 중 한 명을 관찰하여 써보기
· 이 친구와 친해지고 싶어요
· 내가 가장 좋아하는 것과 가장 싫어하는 것
· 내 인생의 멋진 순간 3가지

· 나만의 비밀 털어놓기
· 부모님께 과일 깎아 드리고 느낀 점 쓰기
· 내가 교과서를 새로 만든다면
  어떤 과목을 만들고 싶은가?
· 나만의 놀이를 만들어 친구에게 소개해 본다면?
· 타임머신을 타고 간다면?
· 내 영혼을 누군가와 바꾸고 싶다면
  누구와 바꾸고 싶은가?
· 타임머신을 타고 간다면?
· 내 영혼을 누군가와 바꾸고 싶다면
  누구와 바꾸고 싶은가?

독서록 역시 마찬가지다. 아이들이 책 읽기도 힘들어하지만 책을 읽고 독서록을 쓰는 것을 더 힘들어한다. 일단 독서록에 무슨 내용을 쓰면 좋을지 몰라서 줄거리만 가득 쓴다. 독서록에 들어갈 내용을 알려 주고 형식을 바꿔서 써보면 아이들은 훨씬 재미있게 써 나간다.

**<독서록에 들어가면 좋은 내용>**

· 인상 깊은 구절이나 내용
· 책 내용과 관련된 자신의 경험
· 새로 알게 된 사실
· 책을 읽고 궁금해진 내용
· 나였다면 어떻게 했을까?
· 자신의 행동 돌아보기
· 앞으로의 계획

<다양한 독서록 방법>

· 읽으면서 좋은 구절 쓰기
· 책 속의 주인공에게 편지 쓰기
· 책 속의 주인공에게 상장 주기
· 뒷이야기 상상하여 쓰기
· 독서 퀴즈 만들어 풀기
· 책 홍보하는 광고 전단지 만들기
· 동시로 독서록 쓰기
· 책 내용을 만화로 표현하기
· 책 속의 주인공을 인터뷰하기
· 책 내용을 신문 기사로 쓰기

## 2-3. 방학 계획은 세워야 할까?

방학이 되면 항상 하는 게 있다. 방학 계획표 세우기가 그것이다. 그런데 사실 지키는 경우는 별로 없을 것이다. 그러다 보니 이게 꼭 필요한가라는 생각을 하게 된다. 계획을 짠다고 해서 모두 계획대로 되는 건 아니지만 계획을 세우는 시간 자체가 자신을 돌아보는 과정이고 그것을 실천하려는 노력 자체가 현실과 이상 사이를 좁히는 방법이라 생각한다.

어린이 주간 생활 계획표(  월  주)

| 금주 목표 | | | | | | | | | |
|---|---|---|---|---|---|---|---|---|---|
| 일차 | 시간 | | 일과 활동 | | | | | | |
| | 기상 | 취침 | | | | | | | |
| (월) | | | | | | | | | |
| (화) | | | | | | | | | |
| (수) | | | | | | | | | |
| (목) | | | | | | | | | |
| (금) | | | | | | | | | |
| (토) | | | | | | | | | |
| (일) | | | | | | | | | |

1단계: 기준 항목과 변동 항목 나열

▷ 기준 항목
기상과 취침 시간은 학기 중 시간과 동일하다.
방학 숙제와 일기, 독서록 시간을 반드시 배치한다.

▷ 변동 항목
· 휴가
· 학원 수업시간
· 체험 학습
· 멍 때리는 3일
· 구체적으로 방학 중 사용 가능 시간 산출

2단계: 보충해야 할 것 나열 정리(예시)

◎ 학습
· 수학 계산 실수 많음 =>
  개선 방법: 기탄 수학 1권 풀기
· 사회이해가 잘 안 됨 => 어린이 신문 보기
◎ 건강
편식 함 => 김치 먹기
◎ 예체능
피아노 연습 => 하루 30분 연습

3단계: 해야 할 것과 하고 싶은 것 나열

▷ 해야 할 일

· 일기 일주일에 2개 이상 쓰기
· 책 10권 이상 읽기
· 수학 예습하기
· 방학 숙제 제때 하기

▷ 하고 싶은 일

· 하루 종일 TV 보기
· 엄마랑 요리하기
· 온 가족 다같이 쇼핑하러 가기
· 온 가족 다같이 영화 보러 가기

4단계: 하루 단위 체크리스트 만들기

1,2,3단계에서 세운 구체적인 목표를 기준으로 매일 해야 할 일을 체크리스트로 만든다. 그리고 매일 게임에서 아웃시켜 나가듯이 지워 나가도록 한다.

위의 방법은 예시일 뿐이다. 아이에게 맞는 방법으로 계획표를 만들어 실천해보도록 하자. 계획을 세우면 확인을 해야 한다. 혼자 그 계획을 실천하고자 노력하다 보면 지친다. 잘하고 있는지 부모가 확인해 주면서 꾸준히 노력할 수 있도록 도와주자.

## 학년별 방학 공부 계획 중점 사항

초등학생은 학년별로 구분해 계획을 세워야 한다. 중점 사항이 다르기 때문이다. 또한 평소 공부습관을 고려해 실천 가능한 현실적인 계획을 세우는 것이 중요하다.

<1> 1, 2학년: 학교 수업에 흥미 높이기

1학기 수업을 돌아보고 교과목에 대한 이해도와 자신감을 높여줄 수 있는 공부 계획이 필요하다. 3학년부터는 모든 교과의 수준이 높아지므로 1~2학년 때 기초를 다지는 것이 좋다.
수학은 연산 문제를 반복해 풀면서 연산 속도를 높이면 자신감을 얻을 수 있다. 자신의 생각을 글로 표현하는 연습도 필요하다. 글쓰기의 기본인 일기를 꾸준히 쓰는 습관을 들인다.

### <2> 3, 4학년: 교과서 핵심 개념 정복

고학년 학습을 대비해 국어, 수학, 사회, 과학 등 교과별 핵심 개념을 복습하며 이해하자. 앞으로 국어뿐 아니라 모든 교과의 문장 수준이 높아지므로 문장 이해력을 키우는 것이 중요하다. 동화, 동시, 생활문 등을 중심으로 매일 일정한 양의 글을 읽으면 도움이 된다. 수학은 구구단을 확실히 익히고 기초 연산 능력을 탄탄하게 다져야 한다. 수학 교과서에 나오는 개념이나 수직, 수선, 가분수, 대분수 등 용어의 의미를 정확히 이해하는 것도 중요하다. 과학은 실험 결과를 해석하고 실험을 통해 알게 된 바를 서술하는 능력을 길러야 한다. 이 모든 것은 꾸준한 독서와 어휘력 향상이 뒷받침되어야 가능하다.

### <3> 5, 6학년: 부족한 교과목 보충

이 시기에는 부족한 교과목이나 단원에 대한 보충 학습이 절실하다. 개념 학습이나 심화 문제 풀이를 통해 실력을 쌓아야 한다. 영어는 교과서에서 배운 주요 표현을 일상생활에서 자연스럽게 활용한다. 말하기와 더불어 문장을 써가며 복습하되 단순 암기보다 통문장 형태로 반복 학습을 한다. 수학은 기본 개념과 기초 연산 능력을 다시 점검한다. 6학년 때는 중학교 과정 선행학습에 앞서 초등 과정의 내용을 완전히 이해했느냐가 더 중요하다. 다음 단계의 수학 공부를 할 수 있는 지구력과 체력을 기르는 것이 좋다. 글쓰기 연습은 지속적으로 하면서 논리적이고 문장의 오류 없이 글을 쓰는 능력을 길러야 한다.

# PART 3

# 전환점을 도는 3학년, 4학년! 준비하고 도약하자

## 3-1. 중학년(3, 4학년)은 중요하다.

아이가 초등학교에 입학한 지 엊그제 같은데 벌써 3, 4학년이 되었다. 초등학교의 전환점을 돌고 있는 것이다. 필자는 저학년(1,2학년), 중학년(3,4학년), 고학년(5,6학년)으로 구분한다.

처음 학부모를 하는 엄마 아빠도 1,2학년은 학부모가 되었다는 기쁨도 있고 앞뒤를 모르고 달려온 점도 있을 것이다. 그러나 이제는 그러면 안 되는 전환점을 돌고 있다. 1,2학년의 초보 학부모에서 이제는 프로 학부모로서의 면모를 보여줘야 하는 시기가 이때다.

부족했던 부분을 강화하고 고학년을 준비하는 시기가 중학년이고 방학을 활용하는 것이 효과적이다.

특히 3학년부터는 아이들의 학교 수업이 어려워진다. 대표적인 것이 수학이다.

2015년 5월 '사교육 없는 세상'은 조사대상 총 9,021명을 대상으로 수포자를 조사했다. 학생 7,719명(초6 2,229명, 중3 2,755명, 고3 2,735명), 교사 1,302명(초 384명, 중 453명, 고 465명)를 대상으로 했다. 학교에서 배우는 수학 내용이 어려운가에 대해 질문한 결과 초등학생의 27.3%, 중학생의 50.5%, 고등학생의 73.5%가 수학이 어렵다고 응답했다.

그리고 초등학생의 36.5%, 중학생의 46.2%, 고등학생의 59.7%가 수학을 포기했다고 응답했다. 또한 '수학을 못하면 가고 싶은 대학 학과에 진학하기 어렵다'는데 초등학생 63%, 중학생 70%, 고교생 79%가 동의한 점을 고려해 볼 때 수학 과목의 부담이 얼마나 큰지를 알 수 있다. 학원·과외 등 수학 사교육 비율은 초등학생도 72%, 중학교 82%, 고등학생 81%나 된다. 또 사회, 과학도 이 시기에 학교 수업이 시작된다. 사회는 정치, 경제, 문화, 세계 등 많은 양의 배경 지식과 어휘력을 필요로 하고 과학은 중고등학교 때 배우는 물리, 지구과학, 생명과학이 총체적으로 등장하는 것도 이 시기이다. 그러니 얼마나 중요한 시기인가.

요즘 아이들은 성장이 빨라 고학년이 되면 사춘기에 접어드는 경우도 늘고 있다. 우리가 저학년의 초보 학부모에서 중학년의 프로 학부모로 전환하지 못하면 아이도 변화하지 못한다는 사실을 명심해야 한다.

## 초등공부는 [3(독서, 영어, 수학)+1(취미)]가 중심이다.

 초등학생 때 태권도, 피아노, 미술 등을 배운 기억이 있을 것이다. 과연 그때 배운 피아노 교육으로 자유롭게 피아노를 즐기는 학부모가 얼마나 될지 궁금하다.
하지만 성인이 된 자신의 자녀가 보다 문화적으로 풍요로운 삶을 살기를 희망하며 여러 가지 음미체(음악, 미술, 체육)학원에 보내고 있을 것이다. 여기서 잘 생각해 보고 결정해야 한다.
스포츠건 음악이건 직접 스포츠 활동을 하고, 악기 연주가 가능한 아마추어 오케스트라 활동이 가능할 정도의 실력을 기르기 위해서는 오랜 시간 교육이 필요하다. 아마도 초등학교 때 피아노 2년, 태권도 1년 정도의 교육으로는 성인이 되어 즐길 정도의 실력이 되지 않을 것이다.
이러한 점을 고려해 볼 때 중학년에는 한 가지를 선택해 졸업 때까지 집중한다면 아이는 평생의 자산이 생기는 것이다. 중고등학교에 들어가면 엄청난 학습량으로 더 이상 음미체를 배울 시간이 부족할 것이다.

[3+1에서 1 선택 하는 방법]

· 중학년에서는 하나를 선택한다.
· 사회성 향상을 위해 팀활동(단체 활동)
  가능한 것을 고려한다.
· 사회성에 많은 도움이 됨
예> 합창단, 오케스트라, 아이스하키 등
· 레슨 다음의 활동이 가능한 것을 고려한다.
예> 전국청소년합창대회, 청소년 오케스트라 연주회, 아이스하키대회 등

특히 합창단, 오케스트라, 팀 스포츠 등 단체활동을 통해 팀워크(사회성)을 길러주는 것은 아이의 학교생활뿐 아니라 사회생활에서도 중요하게 작용할 것이다.

**처음 접하는 사회, 과학을 준비하자.**

3학년이 되면 1,2학년 때보다 많은 과목을 배우게 된다. 사회, 과학, 영어를 처음으로 배우게 되는 것이 3학년이다. 그중에서도 사회와 과학 과목에서 당황하지 않고 학습해 나가기 위해서는 배경 지식이 필요하고 그게 핵심이다. 같은 글을 읽어도 평소에 잘 알던 분야는 수월하게 읽힌다. 처음 접하는 분야는 글자를 읽어도 의미가 와닿지 않는다. 그 차이는 배경 지식이다. 얼마나 많은 배경 지식을 갖고 있느냐가 사회와 과학의 첫인상을 좌우한다.

사회, 과학은 세상을 읽는 눈이다. 평소에 책을 읽고 다양한 체험을 하고 신문과 뉴스를 보면서 보모와 많은 대화를 나눴던 아이들은 세상을 보는 눈이 넓다. 오히려 교과서 안에 담긴 내용이 더 좁을 정도다. 그동안 단순한 오락거리만 즐겼거나 영어, 수학 학습지에만 매몰되었던 아이들은 교과서 안 세상이 낯설기만 하다. 3학년을 맞이하기 전 겨울 방학, 사회와 과학 교과서를 살펴보고 (교과서는 미리 받는다) 관련된 박물관이나 장소에 체험을 가보길 바란다. 특히, 사회 배경 지식을 넓혀 주는 책을 읽는 것도 매우 좋다.

[3학년 사회/과학 공부에 도움이 되는 책]

외우는 게 많은 사회와 달리 과학은 체험하는 활동이 많아 아이들이 좋아한다.

다음은 교과 관련해서 읽으면 좋은 도서들이다. 꼭 이 책을 이 책만 읽혀야 하는 건 아니다. 이 도서들을 기준으로 골라 읽히면 도움이 된다.

## [3학년 사회/과학 공부에 도움이 되는 책]

| | 제목(사회) | 지은이 | 출판사 |
|---|---|---|---|
| 1 | 세상을 담은 그림지도 | 김향금 | 보림 |
| 2 | 초롱이와 함께 지도 만들기 | 로렌 라디 | 미래아이 |
| 3 | 방방곡곡 우리 특산물 | 우리누리 | 주니어 중앙 |
| 4 | 조상들은 어떤 도구를 썼을까 | 우리누리 | 주니어 중앙 |
| 5 | 마루랑 온돌이랑 신기한 한옥 이야기 | 햇살과 나무꾼 | 해와나무 |
| 6 | 사회가 재미있어지는 3학년 맞춤 지리 | 양대승 | 거인 |
| 7 | 관혼상제, 재미있는 옛날 풍습 | 우리누리 | 주니어 중앙 |
| 8 | 옛사람들의 교통과 통신 | 우리누리 | 주니어 중앙 |
| 9 | 사회는 쉽다! 9<br>사람들은 어떻게 생각을 나눌까? | 신혜진 | 비룡소 |
| 10 | 알면 보물 모르면 고물, 지도 | 양대승 | 아르볼 |

| | 제목(과학) | 지은이 | 출판사 |
|---|---|---|---|
| 1 | 쉿, 실험 중이에요 | 김영환 | 다섯수레 |
| 2 | 자석 삼킨 강아지 | 프란치스카<br>비어만 | 주니어<br>김영사 |
| 3 | 밀기와 당기기 | 잭 첼로너 | 승산 |
| 4 | 열려라! 곤충 나라 | 김정환 | 지성사 |
| 5 | 나비가 좋아하는 나비책 | 신유항 | 다른 세상 |
| 6 | 동물들이 사는 세상 | 최종욱 | 아롬<br>주니어 |
| 7 | 안드로메다에서 찾아온<br>과학 개념1<br>: 물체와 물질, 빛과 그림 | 김진욱 | 동아<br>사이언스 |
| 8 | 강과 바다가 만나는 곳<br>하구 이야기 | 윤성규 | 아이세움 |
| 9 | 떴다! 지식 탐험대<br>:지층이와 단층이,<br>지질 시대로 출동! | 도엽 | 시공<br>주니어 |

## 3-2. 어휘력의 기초는 한자다.

요즘에는 한자를 배우는 아이들이 별로 없다. 영어의 중요성이 강조되면서 영어 공부를 하느라 한자까지 익힐 시간이 없기 때문이다.

한자를 한 번이라도 접해 본 아이와 아닌 아이의 어휘력은 확연히 차이가 난다. 우리나라의 많은 단어가 한자어인 상황에서 기본 한자를 알면 단어가 왜 그런 뜻을 갖게 되었는지 알게 되고, 같은 한자가 들어간 다른 어휘의 뜻을 유추할 수 있게 되기 때문이다. 헷갈리는 맞춤법에도 강해지고 사용하는 어휘 수준도 높아진다.

한자는 공부하지 않으면 잊어버린다. 하지만 어릴 때 배운 기본 한자는 꽤 오랫동안 기억된다. 한자가 어떻게 생긴 것인지는 잊어버려도 단어에 쓰인 한자어가 배울 학(學)인지, 익힐 습(習)인지 뜻과 음을 아는 것만으로도 어휘력의 범위는 확장된다.

그런데 이렇게 이야기하면 "백번 양보해서 한자 공부가 도움이 된다고 하는 건 인정하겠다. 하지만 안 그래도 할 것 많은 아이들에게 부담을 주는 거 아닌가 뭐든 배워서 도움이 안 되는 게 어디 있겠는가." 라고 생각할 수도 있다. 그렇다면 꼭 이것만은 기억했으면 좋겠다.

한자 공부가 곧 한자급수시험 공부를 뜻하는 건 아니라는 것을 말이다. 급수시험은 보지 않아도 된다. 초등 시절에 그 자격증 딴다고 특별히 유리하게 작용하는 것도 없고 오히려 스트레스만 받는다.

기본 한자책을 구입해 아이와 함께 방학 동안 하루에 두 글자씩 읽고 써보면서 50자 정도만 익혀도 충분하다. 3~6학년 여름방학, 겨울 방학에 50자씩 익혀 나가다 보면 총 400~500자를 터득할 수 있다. 그 정도면 충분하다. 자격증을 따야 한다거나 학원을 다녀야 한다는 게 아니라 기본적인 한자를 알고 한자어가 어떻게 쓰이는지 알아야 언어에 대한 이해력이 높아진다는 것이다.

한자를 익힐 때 주의할 점은 한자가 그러한 뜻을 갖게 된 유래를 함께 설명한 책으로 공부해야 한다는 것이다. 한자는 단순히 쓰고 외우는 과목이 아니다. 동녁 동(東)은 나무 목(木)에 해 일(日)이 합해진 건데 해가 나무 중간쯤에 떠오르는 때 즉 아침을 의미하고 아침에는 해가 동쪽에 있어서 동녁 동이다. 어두울 묘(杳)는 나무 목(木) 아래에 해 일(日)이 있는 모양으로 나무 밑동으로 해가 기울어 어두운 때를 뜻한다. 이런 식으로 설명된 책이나 학습지를 이용해서 공부하도록 한다.

저학년은 한자를 접하기에 조금 이른 감이 있다. 한자 사용이 많은 사회, 과학 과목을 배우는 3학년이 시작하기 딱 좋은 시기다.

3학년 때 한자 공부를 시작하고 어휘력의 기초를 다진 다음 4학년부터는 신문을 보는 것이 도움이 될 것이다. 이 과정을 보내고 한 단계 수준 높은 독서를 한다면 국어력을 키울 수 있다.

## 3-3. 신문을 읽어 국어의 힘을 키우자.

모든 학문은 글을 읽고 이해하는 것을 바탕으로 하기 때문에 국어 실력은 영어를 포함한 모든 과목의 기본이다. 국어를 잘하는 아이가 다른 과목을 잘하는 것도 이 때문이다. 특히 4학년은 교과서 지문의 길이도 길어지고 자신의 생각을 정리해서 표현해야 하는 시기인 만큼 이 때부터 수준 차이가 발생한다.

1~2학년 때 소리 내어 읽기, 그림책 읽기, 책 읽어 주기로 글에 대한 재미를 느끼게 하고 3학년 때 글밥 있는 책 읽기로 이끌어 주었다면 4학년 때는 다양한 방법으로 글을 읽고 이해하는 국어의 힘을 키워줘야 한다.

특히, 5학년이 되면 모르는 게 있어도 창피해서 질문하지 않는다. 따라서 3~4학년 때 책을 많이 읽혀 어휘력과 배경지식을 쌓아 줘야 한다. 그 방법 중 하나가 신문 읽기이다.

어린이 신문에 있는 만화에서 시작해 어른 신문까지 서서히 발전시켜 나간다. 어린이 신문이 시시하다면 바로 어른 신문을 접하게 해도 괜찮다. 신문도 읽다 보면 속도가 빨라진다.

NIE 교육이라고 해서 신문 교육이 유행한 적이 있었다. 하지만 종이 신문의 구독이 줄고 인터넷 신문을 보는 집이 늘어나면서 학교에서도 신문 교육의 열기가 사그라들었다. 이제는 원하는 정보를 검색해야만 뉴스를 접할 수 있다.

검색하려면 관심이 있어야 한다. 그러다 보니 가벼운 가십거리나 포털사이트의 검색어 정도로 접하는 뉴스가 한정된다. 인터넷 뉴스가 편리하고 신속하지만 결국 종이 신문의 장점을 따라오진 못한다.

아이를 위해 신문을 구독해 보자. 집 안에 신문이 이리저리 굴러다니면 궁금해진 아이들이 한 번쯤 들춰보게 된다. 부모가 신문을 읽는 모습을 보이는 건, 어려서부터 스마트폰, 컴퓨터처럼 영상에 익숙한 아이들이 활자에 가까워지는 계기가 될 수 있다.

자극적이며 단순한 영상을 선호하며 긴 글을 읽기 힘들어하는 요즘 아이들에게 훌륭한 읽기 교재가 되어 줄 것이다.

빠른 아이들은 3학년부터도 신문 읽기가 가능하다. 방학 때 사회, 과학의 선행학습을 위해 문제집을 공부시키기보다 신문을 읽혀 보자. 어휘에 익숙해지고 배경 지식을 만들어 주는 최선이자 최고의 방법이다.

그리고 신문과 함께 아이 책상 위에 국어사전을 두자. 책상 위에 올려 두고 사전을 가까이할 수 있도록 해주자. 그러면 아이는 어휘력, 국어의 힘이 향상될 것이다.

◎ 국어(독서) 교육 정리

국어 교육의 기초는 독서 습관이다. 이에 더해 어휘력 향상을 위해 한자를 공부하고 사회, 과학 과목 등의 배경 지식을 높이기 위해 신문을 읽자.

학년별 필독도서 리스트 학교 홈페이지에서 확인할 수 있다. 반드시 읽도록 하자.

## 3-4. 한자와 신문을 넘어 이제는 독서 수준을 높이자.

고학년(5, 6학년) 교과서를 보면 생각보다 쉽지 않다는 것을 금방 알 수 있다. 국어는 내용도 어렵지만 긴 글이 많아 평소 활자와 긴 글을 많이 접해 보지 않은 아이는 벅차한다. 또 세계, 경제, 정치, 역사 등 다양한 개념이 도입된 사회 역시 풍부한 배경 지식 없이는 따라가기 힘들다.

과학도 물리, 생물, 지구과학 개념의 총집합이다. 교과 난이도가 확연히 높아지면서 그동안 교과서와 문제집만으로 가능했던 공부가 이제부터는 힘들어진다.

고학년이 되면 수학, 영어를 선행학습으로 책 읽는 시간이 줄어든다. 그러나 독서 능력은 하루아침에 향상되는 것이 아니기에 저학년 때부터 꾸준히 쌓아 왔어야 한다.

시험에서 같은 100점을 받았을지라도 어떤 아이는 200점의 실력으로 100점을 맞은 것이고, 어떤 아이는 100점의 실력으로 100점을 맞은 것일 수 있다.

물론 눈에 보이지 않는 잠재 실력을 측정할 수는 없다. 그러나 아이가 진학을 하고 학년이 올라갈수록 그 잠재 실력이 겉으로 드러나기 시작한다.

100점의 실력으로 100점을 맞은 아이는 금방 성적이 떨어질 것이고 200점의 실력으로 100점을 맞은 아이는 지속적으로 성장해 나갈 것이다.

잠재 실력은 글에 대한 독해력과 배경 지식이 바탕이 된다. 당연히 수준 높은 독서를 하는 아이들이 잠재 실력도 높다. 고학년은 잠재 실력을 높이기 위한 마지막 기회다. 다양한 분야의 책을 고루 읽으며 독서 능력을 높여야 한다. 만약 아이가 신문 읽기를 6개월 이상 지속하고 긴 글도 잘 읽어 낸다면 다음 분야의 책들로 독서의 수준을 높여주자.

### 인문 도서를 권한다.

인문 도서라고 모두 딱딱하고 재미없는 건 아니다. 다양한 사진과 그림 자료, 일러스트 등을 활용해 재미있게 풀어낸 책들도 많이 출간되고 있다. 이 책들은 아이들도 쉽게 받아들인다. 만약 어떤 책을 읽혀야 할지 고민이 된다면 학교에서 추천하는 도서 목록을 적극 활용해 보자. 미생물 이야기, 종교 이야기, 뇌에 관한 이야기 등 인문 도서는 아이들에게 세상을 보는 시야를 넓혀 줄 것이다.

### 역사와 사회 문화책을 권한다.

요즘 아이들은 저학년 때부터 만화로 된 역사책을 쉽게 접한다. 그러나 사회문화를 접할 기회가 많지 않다. 국가의 일을 맡아 하는 기관, 정부가 하는 일, 우리나라의 민주 정치, 그리고 중국, 러시아, 일본과 같은 이웃 나라들의 지형적 특징, 문화, 갈등 사례 등 우리나라에서 벗어나 세계까지 관점을 확대하고 세계 속에서 우리나라의 발전과 미래에 대해 생각해 보는 기회를 가져야 한다. 사회문화 관련 책을 읽으면서 하는 세상 공부는 고학년 사회 공부를 위해서라도 반드시 필요하다.

## 성장 소설을 권한다.

고학년 아이들은 감정이 하루에도 몇 번씩 오락가락한다. 이 시기 아이들에게는 지식을 제공하는 독서도 좋지만 자신도 알 수 없는 감정을 해결해 주는 독서가 필요하다. 사춘기 아이들은 급격한 신체적, 정신적 변화로 대단히 불안정하다. 이때 자신과 비슷한 상황에 처한 책 속 인물과 만난 아이들은 안심하고 위안을 받는다.

이는 현실의 친구에게서는 받을 수 없는 위로다. 자신의 정체성을 찾고 당면한 문제를 해결할 수 있도록 아이의 마음을 다독이면서 올바른 방향으로 이끌어 줄 책을 권해줘야 한다. [헨쇼 선생님께](비벌리클리어리,보림), [나의 라임오렌지 나무](J.M. 바스콘셀로스, 동녘), [주머니 속의 고래](이금이, 푸른책들), [내가 나인 것](야마나카히사시, 사계절), [숙제 주식회사](후루타다루히, 우리교육), [열네 살의 인턴십](마리 오드뮈라이유, 바람의아이들), [나는 어떤 어른이 될까요?](한경심, 토토북)와 같은 책을 권해주다 보면 아이 스스로 자신에게 필요한 책을 찾아 읽을 것이다.

고학년은 본격적으로 중학교 입학 또는 입시를 준비하는 시기이므로 학습량이 압도적으로 늘어난다. 이와 함께 성적과 학업에 대한 스트레스가 늘어나는 시기다. 우리는 이러한 고학년 아이들의 마음을 헤아려야 한다. 겉으로 드러나는 반항적이고 까칠한 행동에만 집중하지 말고 아이 마음속에 가득 차 있는 미래에 대한 불안과 자신에 대한 의문을 봐줘야 한다. 이때 부모가 수시로 개입하거나 가르치려고 하면 부작용이 발생한다. 현명한 개입이 필요한데 책은 직접적으로 가르치는 데서 오는 반감은 줄이고 스스로 깨달을 수 있는 기회를 주는 좋은 수단이 된다.

## 3-5. 컴퓨터 활용기술에 능숙해져라.

스마트폰과 컴퓨터 사용이 일상화된 요즘 아이들은 디지털 기기에 매우 익숙하다. 그런데 모순적이게도 컴퓨터를 활용하는 능력은 미숙하다. 물론 어른들보다 파워포인트를 잘 만들고 동영상을 제작해서 유튜브에 올리는 등 능숙하게 컴퓨터를 활용할 줄 아는 아이들도 있기는 하다. 하지만 대부분의 아이들은 타자조차 느리다.

학교에서 컴퓨터로 작업하는 과제가 많고 교육 과정 내에도 한글 프로그램이나 그림판을 이용하는 내용이 들어있다. 그래서 한 달에 몇 번은 컴퓨터실에 가서 타자 연습을 하게 되는 데 그 정도로는 부족하다.

특히 학년이 올라갈수록 컴퓨터를 활용한 숙제가 많아진다. 그러나 상대적으로 학업이 점점 바빠지는 만큼 미루다 보면 연습할 시간이 나지 않는다. 비교적 여유가 있는 3학년 여름방학 때 타자 연습을 하는 것이 좋다.

학교에서 자료를 만들거나 발표를 하면서 가장 많이 쓰이는 프로그램이 한글과 파워포인트다. 특히 파워포인트는 학년이 올라갈수록 사용 빈도가 높아진다.

컴퓨터를 배울 수 있는 기회는 상대적으로 시간적 여유가 있는 초등학교밖에 없다. 방과 후 교실을 활용해 방학 동안 한글 프로그램, 파워포인트, 동영상 제작 등 다양한 컴퓨터 활용기술을 익히는 것이 중요하다.

컴퓨터 활용기술을 익히는 시기가 꼭 정해져 있는 것은 아니다. 다만 저학년 아이들은 아직 이르고 3학년 때는 자판 연습을 충분히 하고 4학년 때 프로그램 활용을 배우면 좋다. 고학년 때는 중학 입시 준비나 해야 할 공부량이 늘기 때문에 시간 내기가 쉽지 않다. 방학 시간을 활용해 충분히 가르쳐 보자.

## 3-6. 영재교육원 준비는 3학년부터 시작한다.

먼저 영재교육원의 종류를 알아보자. 영재교육원은 교육지원청 부설 영재교육원과 지역 초등학교부설 영재학급, 사이버 영재교육원, 예술고등학교 부설 영재교육학급, 특수목적고(외국어고 등) 영재교육원, 대학교 부설 영재교육원 등으로 나뉜다. 어느 쪽이 더 좋다고 평가하기는 어렵다. 여기서는 교육지원청 부설 영재교육원에 대해 자세히 알아보도록 하자.

먼저 2018년 경기도 구리남양주교육지원청 부설 영재교육원의 추진 일정을 보고 전체의 흐름을 확인하자.

# 추진 일정

| 구분 | | 선발절차 | 추진시기 | 선발인원(비율) | 시행장소 | 비고 |
|---|---|---|---|---|---|---|
| 선발 안내 | | 선발계획 안내 | 2019. 9월 (학교자체 일정) | - | 각급 학교 | 가정 통신문 |
| 선발 공고 | | 선발요강 공고 | 2018.10.18 (목) 18:00 이전 | - | 영재 교육원 | 공문, 홈페이지 |
| 판별과정 | 1단계: 학교장 추천 원서접수 | 관찰추천 원회 구성 및 추천 기준 마련 | 2018. 9.11 (화) 까지 | 학교별 지원 인원 | 각급 학교 | - |
| | | 관찰추천 희망자 접수 | 2018. 9. 28(금) 까지 | | | 희망 신청서 제출 (학생-> 학교) |
| | | 관찰 실시 | 2018.10. 2 (화) ~11.14(화) | | | 체크 리스트, 자기소개서 등 학교에서 제시하는 서류 제출 (학생-> 학교) |

| | | | | | | |
|---|---|---|---|---|---|---|
| | | 학교추천 위원회 추천 | 2018.11.16 (금) | | | |
| | | 최종 지원서 제출 | 2018.11.19 (월) ~ 11.23 (금) | 응시 지원자 전원 (학교배정인원) | | 업무관리시스템 및 인편 제출 (학교-> 교육지원청) |
| | **2단계** | 창의적 문제해결력 평가 | **2018.12. 1 (토)** | **선발인원의 150%** | 영재교육원 | 자체 제출 |
| | **3단계** | **심층면접** | 2018.12.12 (수) | **선발인원의 100%** | | 경기도 융합 과학교육 원제공 심층면접 문항활용 |
| 심의 | | 영재교육 대상자 선정 심사 위원회 | 2018.12.12 (수) | | 영재 교육원 | |
| 대상자 선정 발표 | | 최종 합격자 및 예비자 선정 발표 | 2018.12.14 (금) 17:00 이후 | | 영재 교육원 | 공문, 홈페이지 |

## 초등 3학년, 기회를 놓치지 말자.

먼저 알아두어야 할 것은 교육지원청 부설 영재교육원은 응시대상 학년이 지역마다 차이가 난다는 것이다. 예를 들어 경기도 구리남양주교육지원청 부설 영재교육원의 경우 4, 5, 6학년이 지원할 수 있는 반면 경기도 고양교육지원청 부설 영재교육원은 3, 4학년이 지원할 수 있다.

지역 교육지원청에 따라 차이가 있으므로 반드시 해당 교육지원청의 홈페이지에 들어가서 미리 확인하는 것이 좋다. 상기의 추진 일정을 보면 선발 안내 가정통신문이 9월 발송되고 11월에 최종지원서를 제출하게 되어 있다. 따라서 영재교육원 지원 의사가 있는 학부모의 경우에는 학기 초 미리 담임선생님에게 관련 공문이 오면 알려달라고 부탁하는 등의 신청 의사를 밝혀두어야 전형시기를 놓치는 실수를 하지 않을 수 있다.

또한 학교에 따라 전형 1단계인 학교장 추천대상자를 성취도 평가 성적으로 선발한다든지 수학, 과학 관련 대회의 수상실적으로 선발한다든지와 같은 기준이 다르기 때문에 미리 알아봐야 한다. 그리고 3학년 첫 시험부터 성적과 수상 관리에 신경을 써야 한다.

## 영재교육원 문제 유형에 익숙해지자.

영재교육원 평가지에 나오는 문제들은 주관식이 50%를 넘게 차지한다. 주관식도 정답이 정해진 것이 아니라 어떻게 답을 적느냐에 따라 부분점수를 주는 채점방식을 사용한다.

따라서 바른 글씨로 자신의 생각을 구체적으로 많이 적는 것이 유리하다. 평가지에 나오는 문제 유형도 독창성, 유창성, 다양성 등을 판단하는 문제이므로 평소 확장된 사고와 창의적 사고를 꾸준히 해온 학생이 문제마다 부분점수를 더 많이 받아 결과적으로 높은 점수를 받을 수 있다. 이러한 사고력 훈련은 단기간에 이루어질 수 없기 때문에 이번 방학부터 관련 도서를 읽게 하여 천천히 준비하도록 하자.

3학년 때 선발된다면 6학년 때까지 우수 강사진들로부터 수준 높은 교육을 지속적으로 받을 수 있으므로 정말로 좋은 기회가 아닐 수 없다. 일반 영재교육원은 수학과 과학 분야 우수자를 선발하지만 이외에도 언어영재, 정보영재, 발명영재, 인문사회영재, 예술분야의 영재교육을 실시하는 등 다양한 분야가 있으므로 미리 살펴봐야 한다.

'자리가 사람을 만든다'는 말이 있다. 그 첫 단추로 영재학교, 과학고, 자사고를 목표로 잡아보는 것은 어떨까? 이번 방학에는 여유 있는 준비와 도전정신으로 영재교육에 관심을 가져보는 것도 좋겠다.

# PART 4

# 수학, 영어 그리고 예비 중1 과정

## 4-1. 수학 선행학습

방학이 되면 선행학습을 해야 하는가 말아야 하는가에 대한 고민이 더욱 깊어진다. 결론부터 말하자면 나는 선행학습을 무조건 나쁘다고 생각하지 않는다. 다만 기준 없는 선행학습은 조심해야 한다. 그리고 그 기준은 아이가 되어야 한다. 아이에 따라 선행학습의 유무, 종류, 강도가 달라진다. 여기서는 선행학습의 대명사 수학에 대해 알아보자.

### 시험 점수가 80점인 아이의 선행학습은 위험하다.

간혹 선행학습 정도로 아이의 수준을 평가하는 경우가 있다. 앞서 진도를 나간다는 것은 아이가 그만큼 잘 따라가고 있음을 의미한다고 착각하기 때문이다. 사실 최상위권 아이들, 자기주도학습 능력을 갖춘 아이들을 제외하면 선행학습은 아이들을 자만하게 만든다. 선행학습을 하여도 학교 수업 시간에 집중해서 배운다면 선행이 문제될 것은 하나도 없다.

80점대 아이들 대부분은 시험에서 실수를 했기 때문에 이 점수가 나왔다고 생각하지만 이는 실수가 아니다. 초등학교 교육 과정에서 80점대는 결코 높은 점수가 아니기 때문이다. (앞에서 90점이 평균이라고 했다.) 오히려 잘하는 편이라고 착각하기 쉬운 아주 위험한 점수다.

이 점수대는 개념을 제대로 이해하지 못했고 연산이 약하다는 것을 의미한다. 이때 이를 그냥 넘기고 학원에 보내 선행학습만 이어간다면 아이의 수학 성적은 학년이 올라갈수록 떨어지게 된다. 중고등학교 때 수학 성적이 떨어지는 것은 더 일찍 선행학습을 안 해서가 아니라 초등학생 때 개념 이해와 연산 연습이 충분히 되지 않아서 그리고 한 문제라도 제힘으로 끝까지 고민하고 풀어내는 연습을 하지 않아서다.

초등학교 때 무조건 놀게 하고 아이가 원하는 대로 놔두라는 것이 아니다. 초등 수학을 제대로 잡고 가지 않으면 중고등학교 때 부족한 부분을 채우기 힘들다. 어느 영역이 부족한지 아이 실력을 제대로 모른 채 학원을 보내 진도만 뺀다고 다가 아니란 말이다.

## 수학은 몰아치기가 통하지 않는다.

고등학교 입학설명회나 대학교 입학설명회에 가서 입학사정관들의 말을 들어보면 우리 아이들이 고등학교 1학년 때 2,3학년 수학 교과과정을 끝내고 2,3학년 때는 수능만 공부해야 제대로 입시공부를 할 수 있다는 결론이 나온다. 이 말은 중학교 때 고등수학을 시작해야 고등학교 1학년 때 이수해야 할 학습량을 소화할 수 있고, 그래야 학습 부담을 줄일 수 있다는 뜻이기도 하다. 이것이 요즘 초등 졸업반인 6학년 학생들에게까지 내려와 중학교 선행학습을 하는 것이 당연시되고 있다.

수학은 어느 날 갑자기 몰아치기를 한다고 실력이 느는 교과가 아니고 얼마나 오랫동안 꾸준히 엉덩이를 붙이고 공부했는지가 중요하다.

사실 초등학교 때는 부모가 시험 기간에만 아이를 붙들고 공부시켜도 성적이 곧잘 나온다. 대부분 일상생활 속 문제들과 기본 개념을 다루는 문제 수준이기 때문이다. 하지만 중고등학교에 올라가면 수학 교과 내용은 집합, 제곱근, 표준편차 등 개념 이해를 하는 데만도 꽤 많은 시간이 필요한 어려운 단원들 천지다. 따라서 몰아치기를 해봤자 한 장 진도를 나가기도 어려워 시험 범위를 다

훑어보지도 못한 채 시험을 치르게 된다. 그러므로 중학 수학은 '한번 풀어보면 마스터할 수 있겠지'라는 생각을 일찌감치 버리고 꾸준히 접근해야 한다.

수학 교과의 경우 예전에 풀었던 것도 다시 풀고 반복해야 할 만큼 감을 유지하는 것이 중요하며 선행학습과 병행하여 수업시간, 시험 전후, 방학 기간까지 같은 내용을 반복 학습해야 선행학습을 하면서도 원하는 성적을 얻을 수 있다. 이 과정을 밟는 연습과 실천을 위해서는 방학을 어떻게 보내느냐가 매우 중요하다.

**방학기간 수학 선행학습은 20일 계획으로 세워라.**

수학에 자신감이 붙은 아이에게 선행학습을 시켜보리라 마음먹고 아이에게 문제집을 하나 사주면 선행학습 진도가 항상 제자리다. 이것은 아이가 공부하는 방법을 모르는 탓이다.

그러므로 계획은 방학이 시작되기 전에 짜놓아야 한다. 방학 때는 이전 학기에 배웠던 것을 응용해서 풀어야 하는 응용수학과 다음 학기의 선행수학을 동시에 해야 하는데 이 짜임새가 마치 톱니바퀴처럼 맞물려 멈추지 않고 돌아가야 한다. 따라서 학부모는 아이에게 맞는 한 달짜리 계획표와 내 아이가 지금 도전할 수 있는 난이도의 참고서를 선정하여 제공해줘야 한다.

수학에 어느 정도 자신감이 붙은 아이라면 복습 비중을 30% 정도(방학 30일 중 10일)로 잡고 될 수 있는 대로 빠른 시간 내에 복습용 문제집 한 권을 끝내야 한다. 그래야만 중학 수학에서부터 등장하는 개념 이해에 필요한 시간 확보가 가능하다. 남은 방학의 70%에 이 선행학습을 투입하면 된다.

초등학교 6학년 때 중학교 1학년 수학을 선행학습 해놓으면 중학교 1학년 때 중학교 2,3학년 내용까지 마스

터가 가능하다. 중학교 2,3학년 수학 교과 내용은 1학년에 비해 크게 어렵지 않기 때문이다. 그렇게 되면 상대적으로 시간적 여유가 생기게 되고 고등학교 선행학습까지 가능해진다.

그러나 초등학생 때, 중학교 과정을 선행학습하지 않으면 내신관리가 상당히 버거워진다. 중학생이 되면 또래 친구들은 이미 고등학교 과정을 선행학습 하기 때문이다. 그걸 따라 공부하고, 일 년에 4번 치르는 시험공부까지 하다 보면 내신관리가 어려운 것이다.

그러므로 초등학교 때부터 부모가 계획을 세워주거나 과외를 붙여서라도 선행학습을 하도록 하여 중고등수학의 기틀을 잡아주어야 한다.

수학은 잘못하는 아이들은 복습과 예습의 비율을 7:3으로 하고 잘하는 아이들은 복습과 예습의 비율을 3:7로 하는 것이 좋다.

## 선행은 기본에, 심화는 학교 진도에 맞춰라.

선행학습을 하기 위해 가장 먼저 준비해야 할 것은 교재이다. 시중에는 선행학습을 도와줄 수 있는 다양한 종류의 문제집이 나와 있다. 같은 내용을 다루더라도 3단계 수준으로 문제집이 나와 있으므로 새로운 내용을 공부할 때에는 기본형 문제집을 구입해야 한다. 서점에 가서 아이의 수준에 맞는 문제집과 문제집 속의 문제량을 살펴 결정하는 것이 좋다.

'기본'은 선행학습에 필요한 기본 개념과 문제를 다루고 있으므로 방학 때 사용하기 알맞고, '실력'과 '심화'는 학기 중 학교 진도에 맞춰 풀기에 적합한 문제들로 구성되어 있다. 여기에 내신관리를 위한 문제집 외에도 교과서에 제시된 문제들을 다 맞힐 수 있는지 확인하기 위한 수학익힘책을 활용한 복습과 예습도 게을리해서는 안 된다.

정리하면 학기 중에는 '교과서(수학익힘책)+실력 or 심화+연산 수학', 방학 중에는 '복습 교재+예습 교재+연산 수학'으로 구성하는 것이 좋다.

수학은 연산을 위주로 부족한 부분이 없는지 확인하고 보충해 주는 게 가장 중요하다. 아무리 사고력이 중요하다고 해도 사고력의 시작은 연산이다.

'초등 수학=연산'이라고 해도 과언이 아니다. 연산을 잘해야 수학에 자신감이 생긴다. 특히 3학년까지 기본 연산을 모두 배우므로 방학을 활용해 빠르고 정확하게 계산하는 연습을 반복하는 게 좋다.

특히 부모는 취약한 연산을 집중 연습시켜야 한다. 아이가 유독 힘들어하는 연산들이 있다. 곱셈은 잘하는데 두 자릿수의 나눗셈은 약하다면 이것만 반복해서 푸는 것이다. 아이 스스로 이렇게 하기는 어렵다. 못하는 건 피하고 싶기 때문이다.

스피드 역시 중요하다. 연산은 잘하지만 속도가 느리다면 연산을 완벽하게 마스터했다고 할 수 없다. 이런 아이들은 다음 학년 때 수학을 헤매게 된다. 수학을 복습한다는 의미는 전 학년(학기)에 배운 연산을 빠르고 정확하게 할 수 있도록 연습한다는 의미다.

연산은 매일 반복적으로 연습하여 수 감각을 기르도록 해야 한다. 또한 연산 수학은 고학년이 돼도 계속해야 한다.

◎ 문제집을 고를 때 주의할 점

· 한 권의 문제집이라도
  아이와 함께 서점에서 고른다.
· 기본, 실력, 심화 단계가 한 권에 있으면
  문제집 정복이 어렵다.
· 문제수가 많은 문제집은 펼치자마자
  공부 의욕을 사라지게 한다.
· 부모가 도와줄 수 없다면 해설이 자세히
  되어있는 문제집을 사야 한다.
· 아이가 잘 풀었던 문제집을 기억해 뒀다가
  그 출판사에서 나온 문제집을 구입한다.

선행학습이 문제가 아니라 배운 수학 개념을 이해하지 못한 채 진도만 빼는 공부가 결국 문제다. 부모는 방학 때 아이의 수준이 어느 정도인지 교과서와 문제집을 보면서 체크해 봐야 한다. 그리고 적정한 수준의 문제집을 풀고 있는지 학원만 왔다 갔다 하면서 공부하는 시늉을 하고 있는 건 아닌지 확인해야 한다.

초등학교 시절 과도한 선행학습으로 수학에 대해 부정적인 인식과 과도한 스트레스를 줄 만큼 희생할 가치가 있는지 그게 먼 미래를 내다보았을 때 과연 좋을지는 잘 판단해 볼 문제다.

◎ '수포자'를 구하는 케이스별 수학 공부법

1. 계산 실수를 자주 하는 경우

대부분 기초 연산 능력이 부족하기 때문이다. 시간을 정해놓고 문제를 푼다. 풀이 과정을 자세하게 쓰며 문제를 풀면 어느 부분에서 틀렸는지 한눈에 보이기 때문에 연산 실수를 줄일 수 있다.

2. 기초가 부족한 경우

쉬운 문제부터 시작해 개념을 정확하게 이해한 뒤 유형별 문제를 푸는 연습을 한다. 난이도가 낮은 문제도 암산이 아닌 계산 과정을 일목요연하게 정리해 논리적으로 푸는 습관을 들이는 것이 중요하다.

### 3. 특정 단원을 어려워하는 경우

대체적으로 수학 성적이 낮지는 않지만 특정 단원을 어려워하는 학생의 경우 해당 부분 기초가 부족하기 때문이다. 이전 학년 문제집에서 부족한 단원의 문제만 선별해 기본→실력→심화 단계별로 풀어보면 도움이 된다.

### 4. 활용 문제에 약한 경우

문제를 이해하는 것 자체가 어려운 학생은 국어능력이 부족한 경우가 많다. 문제를 풀기 전에 문장을 천천히 읽으며 적절한 식으로 변환하는 과정을 반복하면 도움이 된다. 유형별 문제집을 풀다가 막히는 부분이 있다면 교과서의 개념 설명을 다시 숙지하여 문제를 풀어야 한다.

## 4-2. 영어 공부, 그리고 어학연수

대학생 때 혹은 취업을 위해 토익이나 토플 공부를 해 보았던 고학력 학부모들은 아무리 열심히 영어 공부를 해도 영어 실력이 빨리 늘지 않았던 경험들이 있을 것이다. 그래서 내 아이만큼은 어렸을 때부터 영어 환경에 꾸준히 노출시켜야겠다고 굳게 다짐하는 것이다.

영어 공부는 하루는 쉬면 일주일이 뒤처지고 일주일을 쉬면 한 달이 뒤처지며, 한 달을 쉬면 6개월이 뒤처진다는 말이 있다. 학부모들은 경험을 통해 이미 거쳤기 때문에 중학생이 되기 전 내 아이만큼은 영어 공부에 대한 부담을 털어내고 중고등학교에 진학하기를 바란다.

그 해답을 초등학교 때 해외 어학연수를 보내는 것으로 찾아 영어교육의 돌파구로 삼고 있다. 정말 그럴까?

## 영어 공부의 시작은 많이 보고 듣기

일단 영어가 출력(output)되려면 입력(input)이 있어야 한다. 최대한 영어 환경을 만들어 주어 영어 노출 시간을 늘려주는 게 중요하다.

영어 오디오 파일이나 영어 CD를 자막 없이 틀어놓으며 외출 준비를 하는 것도 도움이 된다. 공부한다는 느낌보다는 부담 없이 논다는 느낌으로 듣게 한다. 물론 처음에는 우리말 자막을 보고 싶어 하거나 지겨워할지도 모른다. 그러나 반복해서 듣고 보는 사이 이야기 맥락상 이런 뜻이겠구나 저런 뜻이겠구나 추측하는 힘이 길러진다. 자기도 모르게 따라 하기도 한다.
자연스럽게 영어 표현을 알게 되고 발음이 좋아진다. 물론 이 정도까지 되려면 반복해서 여러 번, 아주 여러 번 보고 들어야 한다. 그러나 무조건 오랫동안 틀어놓는다고 아이의 영어 실력이 쑥쑥 느는 것은 아니다. 영어 듣기에 제법 익숙해졌다면 정확히 확인하는 시간을 가져야 한다.

충분히 들어 추측해 본 후 영어 자막이나 영어책을 눈으로 함께 보며 오디오 파일을 듣는 것이다. 눈으로는 문자를 보고 귀로는 소리를 들으며 소리와 문자를 대응시킨다. 입력이 충분하면 영어가 자연스럽게 출력된다. 자꾸 듣고 보니 어느 순간 문장이 튀어나오는 것이다.

하지만 영어를 들으며 영어책을 보고 있기란 쉬운 일이 아니다. 처음에는 10분만 해내도 대단하다. 아주 조금씩 늘려나가자. 이 또한 엄마가 함께 해줘야 아이에게 동기부여가 된다.

## 영어 학원, 학습지를 선택하는 법

아이의 수준에 맞는 영어 동화책, 애니메이션, 프로그램을 골라 틀어주고 같이 들으며 확인해 주는 작업은 웬만한 정성으로 할 수 있는 일이 아니다. 곁에 있는 부모가 아이의 수준을 파악해 격려하며 이끌어 주는 것이 가장 좋겠지만 힘들다면 영어 학습지나 학원을 이용해도 좋다. 이때 남들이 좋다고 하는 학습지나 학원을 선택하기보다 자연스럽게 영어를 접하게 해주는 곳인지 엄마가 직접 커리큘럼을 꼼꼼히 따져 골라야 한다.

처음 영어를 접하는 아이가 단어와 문법 위주로 수업이 진행되는 학원에서 영어를 시작한다면 아이의 영어 실력 향상에는 한계가 있다. 단어 암기나 문법이 불필요하다는 뜻이 아니다. 다만 이를 익히는 시기를 뒤로 미뤄도 충분하다는 것이다. 아이의 영어 표현이 차고 넘쳐 자연스럽게 흘러나오는 이상적인 교육법을 먼저 시도해 보자는 것이다. 그러고 나서 아이의 발달 과정상 충분히 받아들일 수 있고, 그동안 접한 영어 문장에서 문법요소를 생각해 낼 수 있을 때 문법을 가르치자.

해외 연수 없이 영어를 잘하는 아이들은 듣기로 시작해 매일 영어책을 읽는 아이들이다.

## 문법은 언제 가르쳐야 할까?

영어가 모국어거나 영어 환경에 충분히 노출된 상황이라면 문법을 배우지 않아도 된다. 하지만 국내에서 이런 환경을 만들어 주기는 힘들기 때문에 문법 교육도 반드시 필요하다.

문법을 가르치느냐 마느냐의 문제가 아니라 어떤 내용을 언제 가르쳐야 하느냐의 문제이다.

어려서는 명시적인 문법 지도가 필요하지 않으며 빠르면 5학년 또는 6학년 때 시작하는 게 이상적이다. 이 시기는 문법적인 설명이 오히려 어려운 개념의 이해를 돕고 학습 속도를 가속시킨다. 그리고 책 읽기 습관이 되어있지 않으면 영어 수준이 올라가더라도 유리 천장에 막힌 듯 더 이상 성장하지 못한다.

국어책을 좋아하는 아이가 영어책도 좋아한다. 국어 능력(독서 능력)이 떨어지는데 영어를 잘할 것이라고 기대하는 것은 말도 안 되는 것이다. 더 쉽게 말하면 한글 필기가 바르지 않은 아이들은 영어 필기도 바르지 않다. 글씨가 한글도 영어도 이쁘지 않다는 것이다.

국어 능력(독서 능력)이 뛰어난 아이는 영어를 늦게 시작해도 시작하면 실력이 금방 오른다. 책을 읽으면서 언어 감각을 다져 놓았기 때문이다. 또한 배경 지식이 풍부하니 영어책을 읽어도 쉽게 이해한다.

**어학연수가 영어공부의 끝은 아니다.**

1년 이상 어학연수를 다녀온 아이들이 아니라면 다시 말해 책을 영어로 읽을 정도로 몸에 배어 있는 아이들이 아니라면 연수 후의 교육이 매우 중요하다.
영어를 잘하든 못하든 공부했던 것을 잊어버리지 않도록 꾸준히 공부해야 한다. 그러므로 해외 어학연수를 다녀오기 전에 영어학원을 다녔다면 아이의 영어실력이 얼마나 레벨업 되었는지 다시 테스트 받아보고 수준이 향상되었다면 그 상승세에 힘입어 심화 단계로 이어질 수 있도록 노력해야 한다.
영어공부를 3년 이상 꾸준히 해온 아이라면 방학 한두 달 동안 직접 체험할 수 있는 어학연수와 해외연수 프로그램 등 단기간 집중교육으로 실력을 키워보는 것도 좋은 방법이다.

그렇게 영어 활용능력을 향상시키면 상급학교에 진학하더라도 영어 교과에 대한 부담을 줄일 수 있고 그러면 다른 교과를 공부할 때에도 시간적인 여유를 가질 수 있다.

◎ 초등 학년별 영어 학습법 정리

1. 초등 1, 2학년은 파닉스로 관심 기르기

자녀가 1, 2학년인 경우 영어에 대한 부담을 안겨주기보다 영어 자체에 대한 흥미를 갖도록 유도하는 것이 좋다. 따라서 영어동화나 영어 노래 등 오디오 파일을 통해 영어를 자주 들려주고 익숙하게 만드는 과정이 필요하다.

문자와 소리의 관계를 익히는 학습법인 파닉스(Phonics)를 활용해 기초를 다지는 것도 도움이 된다. 파닉스 규칙을 배우면 아이는 영어책이나 영어표지판을 스스로 읽을 수 있다는 성취감에 공부에 흥미를 가질 수 있기 때문이다.

예컨대 'cup' 'bus' 'gut'을 읽을 수 있는 아이들은 'mug'라는 단어를 처음 봤을 때 배우지 않아도 읽을 수 있게 된다.

초등 저학년일수록 흥미로운 스토리와 함께 파닉스 단어를 직접 읽고 쓰는 등 반복적으로 접하면서 영어 소리에 대해 민감성을 기르고 파닉스 규칙을 훈련할 수 있도록 하는 것이 좋다.

## 2. 초등 3, 4학년은 '영포자' 되지 않도록 관심 분야 영어독서부터

공교육에서는 초등 3학년부터 영어 과목이 포함된다. 이 시기를 별다른 준비 없이 맞이한다면 흥미를 잃고 '영포자'가 될 가능성이 있다. 학부모는 아이가 뒤처지지 않도록 1학기 때 부족한 부분을 체크해 확실히 복습시키는 게 좋다.

영어독서를 기반으로 읽기 이해력과 어휘력을 키우는 방법도 있다. 우선 흥미와 관심사에 맞는 영어책을 아이가 직접 고르게 한다. 전집, 시리즈보다는 아이의 관심사가 담겨 있는 책 몇 권을 선택해 여러 번 읽게 지도해 주는 것이 중요하다.

영어책을 읽기 전 표지와 제목을 보면서 어떤 내용일지 추측해 보거나, 주요 단어나 표현을 배우면 아이는 책에 대해 호기심을 갖고 재미있게 읽을 수 있다. 책을 읽은 뒤 줄거리에 대해 학부모와 이야기하거나 질의응답 할 수 있는 시간을 갖는 것도 좋다. 읽은 날짜와 제목, 작가 등을 표기하고 느낌이나 생각 등을 간단하게라도 적도록 지도한다.

## 3. 초등 5, 6학년은 급격히 어려워지는 영어 대비

중학교 입학을 앞둔 아이에게는 심화 학습이 필요하다. 초등 영어에서는 기초 단어와 단순한 문법을 배우지만 중학교 영어는 난도가 급격하게 높아진다. 특히 2015 개정 교육과정 이후 중학교에서 지필고사의 성적 반영 비중은 줄어들고 수행평가의 비중이 대폭 커졌다. 발표와 토론, 프로젝트 과제 등 참여형 수업이 진행되고 있어 이에 맞는 학습 대비를 하는 것이 좋다.

영어 수행평가는 보고서 작성과 팀 프로젝트, 발표 등으로 이루어져 있어 모두 글쓰기를 기초로 한다. '아이디어 맵(Idea Map)'과 같은 라이팅 툴을 활용해 평소 자신의 생각을 영어로 도식화하는 연습을 해두는 것이 좋다.

초등학교 때의 필수 단어는 800개 정도이다. 교육부가 제시한 800개 단어를 부록에 실었다. 전체 단어를 보며 초등학교 때 어느 정도의 영어 공부를 하는지 살펴보도록 하자.

## 4-3. 9주간의 예비 중1 과정

10월이 되면 서울의 서대문, 종로, 은평, 마포지역 중학생의 70%를 점유하고 있는 소위 '기업형 학원'이라 불리는 종합학원에서 예비 중학생 6학년을 대상으로 한 등록시험 예약 접수가 시작된다.
매해 수천 명의 학생들이 이 시험에 응시하며 시험 후 1차 시험 전체석차와 현 점수로 등록 가능한 등급별 클래스를 통지하고 등록한 학생을 대상으로 '서열화된 클래스별 9주 커리큘럼'이 운영된다. 커리큘럼 운영 후 또다시 2차 시험을 통해 클래스 재편성 작업을 하고 본격적으로 중학교 커리큘럼을 시작한다.
이때부터 성적이 우수한 학생과 9주 동안 맡아 가르치는 동안 성적이 크게 올랐던 학생들을 일부 선별하여 특목고 진학을 위한 집중관리를 시작한다. 대부분의 기업형 학원들이 이처럼 '걸러내기식' 커리큘럼을 운영한다.
'특수목적고와 자립형 사립고 진학=명문대 직행'이라는 공식이 학생들의 입시교육 입성 시기를 앞당기고 있다. 게다가 학교 공부에만 충실한 학생이 학원의 철저한 내신관리와 전략적 입시교육 커리큘럼에 맞추어 선행하고 있는 학생들을 제치고 특수목적고에 입학하는 것이 쉽지 않은 구조적인 이유로 사설 입시학원들은 '필요악'이 된 지 오래다. 우리 부모들은 명문 학원의 톱클래스를 성공적인 자녀 교육의 지름길로 우러러본다. 그런데 과연 그 굴레에 지금 내 아이를 들여놓아도 되는 것일까?

## 아이가 학원에 가고 싶다고 할 때 보내라.

처음엔 공부 잘하는 아이들이 학원에 다니는 것을 보고 내 아이도 학원에 보내기 시작한다. 그러다가 학원은 다니지 않으면 절대로 안 되는 족쇄가 되어버린다. 이는 학원이 공부하는 법을 알려주는 곳이 아니라 시험을 잘 보게 해주는 곳임을 알게 되기 때문이고 또 자녀와 경쟁하고 있는 다른 아이들이 계속 다니고 있는 한 끊으려야 끊을 수가 없다.

그렇다면 우리 아이들은 학원을 얼마나 오랫동안 다니게 될까? 학생이라는 신분을 얻고 가장 먼저 학원을 다니게 되는 시기(예체능이 아닌 보습, 단과, 종합학원)는 초등학생 때이고 일반적으로 고등학교 3학년까지 다니게 되므로 학생이 학원을 다니는 시기는 12년 안팎이라고 할 수 있다. 경제적인 부담은 제쳐두고라도 휴일까지 반납하면서 다니는 이런 학원이 과연 아이의 공부에 도움이 되기는 하는 걸까?

답은 그렇지만은 않다. 또래 아이들이 모두 학원을 다니기 때문에 내 아이도 보내야겠다는 식으로 학원을 보내면 큰 낭패를 보기 쉽다.

내 아이에게는 학원을 다니려는 의지도 전혀 없고 다니는 이유도 분명하게 세워지지 않은 상황에서 우리 집 아이만 안 다니는 것 같아 보내는 '옆집 아이 따라 하기'식의 교육은 아이의 장래에 도움이 되지 않는다. 억지로 학원을 다니게 되면 오히려 공부에 대한 반감이 생길 수 있다.

그래서 학원은 아이가 보내 달라고 할 때까지 보내지 않는 게 좋다. 결정에 책임질 수 있을 나이가 될 때까지 기다리자.

# PART 5
# 꿈이 있는 아이가 공부도 잘한다

## 5-1. 아이의 꿈은 부모가 보여 준 세상보다 클 수 없다.

진학과 진로를 혼용하여 쓰기도 하지만 사실 진학(상급학교로 올라감)의 경우 6학년 때 준비해서는 늦는다. 입학 지원 자격 요건을 준비할 시간이 턱없이 부족하기 때문이다.

이 시기는 사실 진학보다 진로에 더욱 신경 쓰고 고민해야 한다. 아이가 만족스럽게 성인이 된 삶을 누리기 위해서는 진학이 아닌 진로를 잘 결정해야 한다. 그리고 이를 위해서 내가 무엇을 잘하는지, 내가 좋아하는 것은 무엇인지, 내가 가장 중요하게 생각하는 가치는 무엇인지 등등 자신에 대해 정확히 알아야 한다. 그래야 자신의 목표도 세울 수 있는 법이다.

나에 대해 알아가는 가장 쉬운 방법은 타인을 통해 들여다보는 것이다. 이때 한 권의 책이 타인의 역할을 대신해 주기도 한다. 자신을 찾게 도와주기도 하고 소란스러운 마음에 이름을 붙여 주기도 한다. 또 꿈을 꾸게 하기도 한다.

아이에게 선택지가 많을수록 좋다. 그중 하나를 골라 자신에 맞게, 상황에 맞게 구체적으로 변형시켜 나갈 것이다.

꿈의 선택지를 늘리는 방법에는 여러 가지가 있다. 좋아하는 작가에게 메일을 써볼 수도 있고, 강연회에 가볼 수도 있다. 관심 있는 직업을 가진 사람에게 인터뷰를 해볼 수도 있으며 내가 살고 싶은 삶에 대해 가족과 함께 이야기해 보는 시간을 가질 수도 있다.

진로에 있어서 무엇보다도 중요한 것은 스스로를 믿는 마음이다. 아무리 좋은 것을 봐도 자존감이 낮은 아이는 욕심내지 않는다. 어차피 내 것이 될 수 없다고 생각한다. 부모는 끊임없이 아이에게 아이가 가진 잠재 능력을 알려주고 믿어주며 격려해 주어야 한다. 그래야 아이는 수많은 꿈의 선택지 앞에서 주저하지 않고 선택하고 그 꿈을 이루기 위해 행동할 수 있다.

이상이나 논리가 아직 완전히 발달하지 않은 아이들의 뇌는 외부로부터의 정보를 고스란히 받아들인다. 나이가 들수록 많은 정보처리를 거치지만 아이들은 다르다. 아무런 여과 없이 뇌에 입력되고 그 정보가 자연스럽게 출력되어 아이들의 미래를 만들어간다.

우리의 뇌는 상상과 현실을 구분하거나 큰 꿈과 작은 꿈을 구분하지 않는다. 스스로 한계를 짓는 것만큼 가장 무지한 것은 없다고 했다.

아이의 뇌에 가능성의 스위치를 켜두는 것이 가장 중요하다. 그러지 않고 도전하기도 전에 '할 수 없다.','될 수 없다'로 결론지으면 아무리 시간이 흘러도 꿈은 실현되지 않는다.

좋은 책, 영화, 여행, 대화 등 좋은 정보를 제공해 주면 뇌는 그것을 모방하기 위해 아주 깊은 잠재의식에서부터 움직이기 시작한다. 우리의 뇌는 주인이 시키는 대로 움직인다. 생각하는 대로 좋은 뇌가 되기도 나쁜 뇌가 되기도 한다. 우리가 믿는 대로 우리의 뇌는 반응한다. 아이의 뇌 역시 마찬가지다. 부모가 믿는 대로 반응한다.

아이의 꿈은 부모가 보여준 세상보다 클 수 없다. 부모가 보여준 세상만큼 아이가 꿈꾼다. 그래서 부모의 격차가 꿈의 격차를 부르고 결국 인생의 격차를 갖고 오게 되는 것이다. 그때 부모의 격차란 경제적 지원도 포함하지만 더 중요한 건 생각의 차이다.

## 5-2. 존경하는 인물을 본받게 하라.

보통 아이들에게 꿈을 물어보면 선생님, 과학자, 요리사와 같은 전문성에 따라 세분화되기 전의 직업군을 말한다. 선생님도 종류가 많다. 유치원 교사, 초등교사, 중등교사, 대학교수 그리고 각종 전문가로 활동하는 강사까지…….

이렇게 선생님이라 칭하는 분야가 많다 보니 그 자리에 오르기까지 필요한 능력과 밟아 나가야 할 단계와 방법 또한 각기 다르다. 하지만 대부분의 초등학생들은 주변에서 자주 만나는 직업이나 부모가 원하는 직업을 자신의 꿈으로 삼곤 한다.

이를테면 "우리 희연이는 똑똑하니 박사님이 될 거야." 와 같이 평소에 부모가 아이에게 했던 말 때문에 은연중에 '내가 이런 사람이 되어야겠구나.' 하고 생각하면서 꿈을 구체화하지 못하는 것이다. 그러므로 아이의 꿈을 키워주기 위해서는 부모의 노력이 절대적으로 필요하다.

예를 들어 막연한 아이의 꿈을 현실화시키기 위해 아이의 꿈과 관련된 인물을 만나게 해주며 어떻게 공부하고 살아야 하는지를 생각해 볼 기회를 주는 것이다. 이 과정을 거치게 되면 아이의 꿈은 '생각'이나 '환상'이 아니라 구체적인 계획을 세울 수 있는 '현실'이 된다. 또한 미처 알지 못했던 자신이 바라는 직업의 장단점과 그 일을 하면서 겪게 되는 소소한 일상에 대해서까지 알게 되어 꿈을 이루기 위한 마음가짐을 새롭게 한다.

당신의 아이가 "음……전 그냥 선생님이 되고 싶어요."라고 말한다면 이번 방학을 통해 좀 더 구체적으로 자신의 꿈에 대해 생각해 볼 기회를 만들어주자. 아이의 꿈을 구체화 해주면 아이는 다음 학기부터 좀 더 성숙한 도전자의 모습으로 변화할 것이다.

**아이가 존경하는 여러 인물을 자주 접하게 하라.**

아직 꿈이 정해지지 않았거나 꿈은 있는데 확신이나 소신이 없는 아이에게는 평소에 흥미를 보이는 분야에서 현재 활동하고 있거나 다양한 업적을 남긴 여러 인물을 만나게 하여 아이 스스로 진로를 탐색할 수 있게 도와주면 좋다. 진로탐색 방법 중 가장 접근하기 쉬운 것은 다양한 분야의 전문가가 등장하는 TV 영상물, 강연, 인물이 직접 쓴 자서전 등을 접하는 것이다. 짧은 시간 동안 많은 정보를 얻을 수 있고 아이의 공감을 얻기에도 쉬워 매우 효율적이다.

이때 과학자든 교사든 각 분야를 세분화하여 대표하는 인물들을 골고루 접하게 해주면 아이는 자신의 꿈을 좀 더 구체화할 수 있다.

예를 들어 과학자의 꿈을 가지고 있는 자녀라면 국립과학관장을 지내고 있는 명사의 초청 강연을 함께 들어보는 것도 좋고, 지역문화센터에서 열리는 다양한 리더들의 강연을 직접 듣게 하는 것도 좋다.

**미래를 볼 수 있는 부모가 자녀의 미래도 키운다.**

김연아 선수의 꿈은 무엇이었을까? 그녀는 인터뷰에서 "제 꿈은 미셸 콴과 아이스링크에서 함께 춤을 추는 거였는데, 그 꿈이 오늘 이루어졌어요!"라고 밝힌 적이 있다. 미셸 콴을 자신의 역할모델로 삼아 그녀가 어떤 과정을 통해 피겨여왕이 되었는지 알아보고 그녀가 최고의 자리에 오르기 위해 해왔던 노력들을 배우려고 노력했는데 드디어 그 결실을 맺게 되어 행복하다는 인터뷰 내용이었다.

김연아처럼 자신이 하고자 하는 일 자체에 목적을 두는 것을 뛰어넘어 자신의 꿈을 구체화 시켜주는 인물 하나를 정해 그 인물의 노력과 삶의 자세를 배우는 과정이 꼭 필요하다. 이 과정에서 아이는 자신의 꿈과 관련된 많은 정보를 얻게 되고 그 인물의 삶을 바탕으로 자신의 삶을 계획하기 때문에 시행착오를 줄일 수 있다. 또한 이 과정을 통해 자신의 역할모델보다 더 뛰어난 사람이 될 수도 있다. 그리고 물질적인 것보다 삶의 가치에 더 큰 비중을 두는 아이로 자라게 된다.

미래를 볼 줄 아는 부모만이 자녀의 미래를 안내할 수 있다는 말이 있다. 지금 열 살인 아이의 미래는 10년 뒤에 결정되고 이후 10년 뒤인 서른 살이 되었을 때에는 절대 바뀌지 않는다. 그래서 우리 부모들은 아이가 살아갈 앞으로의 세상을 예상하며 정보를 수집해 제공해야 하고 이를 위한 노력으로 방학을 활용할 필요가 있다. 이 노력이라는 것도 사실 아이의 꿈과 아이의 특성을 제대로 아는 부모만이 할 수 있다.

## 인물을 탐구하다 보면 그 사람을 닮아간다.

많은 인물을 접해본 아이는 닮고 싶은 인물이 생긴다. 이때 좀 더 확실하게 그 인물에 대해 알아볼 기회를 갖는다면 자녀의 꿈을 현실화시킬 수 있는 구체적인 계획을 세우는 데 도움이 될 것이다.
또 지금 무엇을 해야 하고 앞으로 무엇을 해야 하는지 아이 스스로 인생 계획을 설계할 수도 있다. 왜냐하면 아이는 인물을 탐구하는 동안 그 사람을 닮기 위해 해야 할 것들을 머릿속에 그려볼 것이기 때문이다.
구체적인 삶의 모습을 알아보기 위해 직접 만나는 것도 좋지만 그보다 더 효과적인 것은 그 사람의 자서전을 읽거나 강연, 다큐멘터리를 보는 것이다. 한 번의 만남은 기쁨과 설렘을 주는 것에 그치지만 그 사람의 삶을 들여다보는 것은 감흥과 감동을 준다.
이 과정에서 아이는 존경하는 인물이 꿈을 이루어가는 과정을 엿볼 수 있고, 그 안에서 아이 자신이 꿈을 이루기 위한 방향과 방법에 대해 구체적인 길을 찾게 되어 '현실성'이 있다고 판단하게 된다.

## 아이는 어른의 기대와 희망을 먹고 자란다.

부부간의 모습은 진실되고 서로 존중할 수 있도록 노력해야 한다. 돈을 벌지 못하는 아버지지만 어머니가 아버지를 존중하고 아버지를 반갑게 맞이하는 모습을 보여준다면, 아이를 먼저 먹이고 싶어도 아버지가 먼저 드시길 기다리게 교육한다면 아이는 그 모습 속에서 '아버지에 대한 공경'을 배우게 된다. 즉 아이들에겐 보고 자라는 것이 매우 중요하며 이것은 아이가 꿈을 대하는 태도와도 연관이 된다. 보이지 않는 것에 믿음을 갖게 만드는 것이 중요하다는 말이다.

평소에 아이에게 믿음을 주는 말을 하고 아이에 대한 믿음을 자주 표현해주자. 부모가 아이의 꿈이 이루어질 수 있다는 믿음을 갖고 있다면 아이의 꿈은 반드시 이루어진다.

꿈을 이룰 수 있다는 믿음과 의지를 끝까지 놓지 말자. 일관된 교육관과 철학을 바탕으로 아이에게 긍정적인 말을 많이 해주고 아이에게 '엄마와 아빠는 내 편'이라는 생각을 심어주자. 자녀가 가져온 성적표가 마음에 들지 않는다고 "너 때문에 고생하고 있는 내가 바보지." 식의 한풀이를 해서는 안 된다.

"아직 얼마든지 잘할 기회가 있단다"라고 말해주는 부모가 되자.

아이의 꿈을 위해 가장 필요한 것은 아이 스스로 자아존중감을 가질 수 있게 하는 부모의 칭찬과 격려라는 것을 기억하자. 나는 나의 아이에게 이 말을 자주한다.

*"Just try, You can do it!"*

# 부록

## 부록 1. 학년별 필독 도서 리스트
## (학교마다 다를 수 있음)

### [1학년 필독도서]

| 번호 | 도서명 | 저자 | 출판사 | 비고 |
|---|---|---|---|---|
| 1 | 강아지 복실이 | 한미호 | 국민서관 | 교과 연계 |
| 2 | 구름빵 | 백희나 | 한솔수북 | 동화 |
| 3 | 달라도 친구 | 허은미 | 웅진주니어 | 인성 |
| 4 | 무지개 물고기 | 마르쿠스 피스터 | 시공주니어 | 동화 |
| 5 | 세상에서 제일 힘 센 수탉 | 이호백 | 재미마주 | 동화 |
| 6 | 소금을 만드는 맷돌 | 홍윤희 | 예림아이 | 교과 연계 |
| 7 | 솔이의 추석 이야기 | 이억배 | 길벗어린이 | 교과 연계 |
| 8 | 콩 한 알과 송아지 | 한해숙 | 애플트리 테일즈 | 교과 연계 |
| 9 | 재주꾼 오 형제 | 이미애 | 시공주니어 | 전래 동화 |
| 10 | 책이 꼼지락 꼼지락 | 김성범 | 미래아이 | 교과 연계 |

※교과 연계: 교과서 수록도서/교과 내용 관련 도서

## [2학년 필독도서]

| 번호 | 도서명 | 저자 | 출판사 | 비고 |
|---|---|---|---|---|
| 1 | 까만 아기양 | 엘리자베스 쇼 | 푸른그림책 | 교과 연계 |
| 2 | 선생님, 바보 의사 선생님 | 김명길 | 웅진주니어 | 교과 연계 |
| 3 | 신기한 독 | 홍영우 | 보리 | 전래 동화 |
| 4 | 아낌없이 주는 나무 | 셸 실버스타인 | 시공주니어 | 동화 |
| 5 | 아주 무서운 날 | 탕무니우 | 찰리북 | 교과 연계 |
| 6 | 오소리네 집 꽃밭 | 권정생 | 길벗어린이 | 동화 |
| 7 | 욕심쟁이 딸기 아저씨 | 김유경 | 노란돼지 | 교과 연계 |
| 8 | 축구치하람이, 나이쓰! | 윤여림 | 천개의바람 | 인성 |
| 9 | 폭풍우 치는 밤에 [가부와 메이 이야기1] | 기무라 유이치 | 아이세움 | 동화 |
| 10 | 할머니 어디 가요? 쑥 뜯으러 간다! | 조혜란 | 보리 | 교과 연계 |

※교과 연계: 교과서 수록도서/교과 내용 관련 도서

## [3학년 필독도서]

| 번호 | 도서명 | 저자 | 출판사 | 비고 |
|---|---|---|---|---|
| 1 | 나쁜 어린이표 | 황선미 | 이마주 | 동화 |
| 2 | 리디아의 정원 | 데이비드 스몰 | 시공주니어 | 교과 연계 |
| 3 | 만복이네 떡집 | 김리리 | 비룡소 | 교과 연계 |
| 4 | 바위 나리와 아기 별 | 정유정 | 길벗어린이 | 교과 연계 |
| 5 | 아드님 진지 드세요 | 강민경 | 좋은책 어린이 | 인성 |
| 6 | 아름다운 가치사전 | 채인선 | 한울림 | 인성 |
| 7 | 아씨방 일곱 동무 | 이영경 | 비룡소 | 교과 연계 |
| 8 | 짜장 짬뽕 탕수육 | 김영주 | 재미마주 | 동화 |
| 9 | 플랜더스의 개 | 위다 | 예림당 | 동화 |
| 10 | 하루와 미요 | 임정자 | 문학동네 어린이 | 교과 연계 |

※교과 연계: 교과서 수록도서/교과 내용 관련 도서

## [4학년 필독도서]

| 번호 | 도서명 | 저자 | 출판사 | 비고 |
|---|---|---|---|---|
| 1 | 고양이야, 미안해! | 원유순 | 시공주니어 | 인성 |
| 2 | 나비를 잡는 아버지 | 김환영 | 길벗어린이 | 동화 |
| 3 | 생명의 역사 | 버지니아 리 버튼 | 시공주니어 | 교과 연계 |
| 4 | 서로 달라서 더 아름다운 세상 | 노지영 | 휴이넘 | 인성 |
| 5 | 세빈아, 오늘은 어떤 법을 만났니? | 신주영 | 토토북 | 교과 연계 |
| 6 | 소리가 들리는 동시집 | 이상교 | 토토북 | 교과 연계 |
| 7 | 잘못 뽑은 반장 | 이은재 | 주니어 김영사 | 동화 |
| 8 | 지구가 100명의 마을이라면 | 데이비드 스미스 | 푸른숲 | 교과 연계 |
| 9 | 콩 한 쪽도 나누어요 | 고수산나 | 열다 | 교과 연계 |
| 10 | 프린들 주세요 | 앤드루 클레먼츠 | 햇살과 나무꾼 | 동화 |

※교과 연계: 교과서 수록도서/교과 내용 관련 도서

## [5학년 필독도서]

| 번호 | 도서명 | 저자 | 출판사 | 비고 |
|---|---|---|---|---|
| 1 | 사라, 버스를 타다 | 존 워드 | 사계절 | 인성 |
| 2 | 자존심 | 김남중 | 창비 | 동화 |
| 3 | 마당을 나온 암탉 | 황선미 | 사계절 | 동화 |
| 4 | 우리 선생 뿔 났다 | 강소천 외 | 루덴스 | 교과 연계 |
| 5 | 나와 조금 다를 뿐이야 | 이금이 | 푸른책들 | 인성 |
| 6 | 처음 만나는 삼국유사 | 함윤미 | 미래주니어 | 교과 연계 |
| 7 | 최열 아저씨의 지구 온난화 이야기 | 최열 | 도요새 | 교과 연계 |
| 8 | 꽃들에게 희망을 | 트리나 폴러스 | 시공주니어 | 교과 연계 |
| 9 | 자전거 도둑 | 박완서 | 다림 | 동화 |
| 10 | 별똥별 아줌마가 들려주는 우주 이야기 | 이지유 | 창비 | 교과 연계 |

※교과 연계: 교과서 수록도서/교과 내용 관련 도서

## [6학년 필독도서]

| 번호 | 도서명 | 저자 | 출판사 | 비고 |
|---|---|---|---|---|
| 1 | 간송 선생님이 다시 찾은 우리 문화유산 이야기 | 한상남 | 샘터 | 교과 연계 |
| 2 | 꿈을 찍는 사진관 | 강소천 | 상서각 | 동화 |
| 3 | 초정리 편지 | 배유안 | 창비 | 동화 |
| 4 | 열 두 사람의 아주 특별한 동화 | 송재찬 | 파랑새 어린이 | 교과 연계 |
| 5 | 사흘만 볼 수 있다면 | 헬렌켈러 | 두레아이들 | 인성 |
| 6 | 미래 직업, 어디까지 아니? | 박영숙 | 고래가 숨쉬는 도서관 | 진로 |
| 7 | 여보세요, 생태계씨! 안녕하신가요? | 윤소영 | 낮은산 | 교과 연계 |
| 8 | 생각 깨우기 | 이어령 | 푸른숲 주니어 | 교과 연계 |
| 9 | 마사코의 질문 | 손연자 | 푸른책들 | 교과 연계 |
| 10 | 나도 저작권이 있어요! | 김기태 | 상수리 | 인성 |

※교과 연계: 교과서 수록도서/교과 내용 관련 도서

## 부록 2. 학년별 수학 단원과 개념

### [1학년 수학 단원과 개념]

| 학기 | 단원명 | 수학 개념 |
|---|---|---|
| 1학기 | 9가지의 수 | 수, 수의 순서, 1 큰 수, 1작은 수 |
| | 여러 가지 모양 | 여러 가지 모양 말고 굴려 보기 |
| | 덧셈과 뺄셈 | 모으기와 가르기, 한 자리 수 덧셈과 뺄셈 |
| | 비교하기 | 무겁다. 넓다 |
| | 50까지의 수 | 9 다음 수, 10개씩 묶어 세기 |
| 2학기 | 100까지의 수 | 몇 십, 짝수, 홀수 |
| | 덧셈과 뺄셈(1) | 받아 올림이나 받아 내림이 없는 두 자리 수 덧셈, 뺄셈 |
| | 여러 가지 모양 | 세모, 네모, 동그라미 모양 찾기 |
| | 덧셈과 뺄셈(2) | 세 수의 덧셈 뺄셈, 10이 되는 더하기, 10에서 빼기, 10을 만들어 더하기 |
| | 시계 보기와 규칙 찾기 | 몇 시, 몇 시 삼십분 |
| | 덧셈과 뺄셈(3) | 세 수 더하기, 모으기와 가르기 하면서 덧셈, 뺄셈 |

## [2학년 수학 단원과 개념]

| 학기 | 단원명 | 수학 개념 |
| --- | --- | --- |
| 1학기 | 세 자리 수 | 백(100) |
| | 여러 가지 도형 | 원, 삼각형, 사각형, 변, 꼭짓점,<br>오각형, 육각형 |
| | 덧셈과 뺄셈 | 받아 올림이 있는 두 자리 수 덧셈<br>받아 내림이 있는 두 자리 수 뺄셈 |
| | 길이 재기 | 단위 길이, 1cm, 자로 길이 재기 |
| | 분류하기 | 기준에 따라 분류하고 세기 |
| | 곱셈 | 곱하기(X), 묶어 세기 |
| 2학기 | 네 자리 수 | 천(1000), 자리 값 |
| | 곱셈구구 | 2, 5단=>3, 6단=>4, 8단=>7단=>9단 |
| | 길이 재기 | 1m, 길이의 합과 차 |
| | 시간과 시간 | 1분, 1시간, 오전, 오후 |
| | 표와 그래프 | 자료를 표와 그래프로 나타내기 |
| | 규칙 찾기 | 덧셈표, 곱셈표, 무늬, 쌓은 모양에서<br>규칙 찾기 |

## [ 3학년 수학 단원과 개념]

| 학기 | 단원명 | 수학 개념 |
|---|---|---|
| 1학기 | 덧셈과 뺄셈 | 받아 올림이 없는 세 자리 수의 덧셈, 받아 내림이 없는 세 자리의 수의 뺄셈 |
| | 평면도형 | 선분, 반직선, 직선, 각, 꼭짓점, 변, 직각, 직각삼각형, 직사각형, 정사각형 |
| | 나눗셈 | 나눗셈식, 몫 (곱셈구구로 나눗셈하기) |
| | 곱셈 | 두 자리 수 X 한 자리 수 |
| | 시간과 길이 | 1초, 1mm, 1km |
| | 분수와 소수 | 분수, 분모, 분자, 소수, 소수점 |
| 2학기 | 곱셈 | 세 자리 수 X 한 자리 수,<br>두 자리 수 X 두 자리 수 |
| | 나눗셈 | 몫, 나머지, 나누어 떨어지다. |
| | 원 | 원의 중심, 원의 반지름, 원의 지름 |
| | 분수 | 진분수, 가분수, 자연수, 대분수 |
| | 들이와 무게 | 1L, 1ml, 1kg, 1g |
| | 자료의 정리 | 그림 그래프 |

### [4학년 수학 단원과 개념]

| 학기 | 단원명 | 수학 개념 |
|---|---|---|
| 1학기 | 큰 수 | 만, 십만, 백만, 천만, 억, 조 |
| | 곱셈과 나눗셈 | 세 자리 수 X 두 자리 수<br>두 자리 수 X 두 자리 수<br>세 자리 수 X 두 자리 수 |
| | 각도와 삼각형 | 각도, 1도, 예각, 둔각, 예각삼각형, 둔각삼각형, 이등변삼각형, 정삼각형 |
| | 분수의 덧셈과 뺄셈 | 분모가 같은 분수끼리의 덧셈과 뺄셈<br>자연수 & 분수 |
| | 혼합 계산 | 덧셈, 뺄셈, 곱셈, 나눗셈이 섞여 있는 계산 |
| | 막대그래프 | 막대그래프 |
| 2학기 | 소수의 덧셈과 뺄셈 | 소수 세 자리 수, 소수의 크기 비교, 소수 한 자리의 수의 덧셈과 뺄셈, 소수 두 자리 수의 덧셈과 뺄셈 |
| | 수직과 평형 | 수직, 수선, 평행, 평행선, 평행선 사이의 거리 |
| | 다각형 | 사다리꼴, 평행사변형, 마름모, 다각형, 삼각형, 사각형, 오각형, 정다각형, 대각선 |
| | 어림하기 | 이상, 이하, 초과, 미만, 올림, 버림, 반올림 |
| | 꺾은선그래프 | 꺾은선그래프, 물결선 |
| | 규칙과 대응 | 대응 관계 |

## [5학년 수학 단원과 개념]

| 학기 | 단원명 | 수학 개념 |
|---|---|---|
| 1학기 | 약수와 배수 | 약수, 배수, 공약수, 최대공약수, 공배수, 최대공배수 |
| | 직육면체 | 면, 모서리, 꼭짓점, 직육면체, 직육면체의 겨냥도, 정육면체, 직육면체의 전개도 |
| | 약분과 통분 | 약분, 기약분수, 통분, 공통분모 |
| | 분수의 덧셈과 뺄셈 | 진분수 + 진분수, 대분수 + 대분수 |
| | 다각형의 넓이 | $1cm^2$, $1m^2$, 평행사변형의 밑변, 높이, 삼각형의 밑변, 높이, 사다리꼴의 윗변, 아랫변, 높이 |
| | 분수의 곱셈 | 진분수 X 자연수, 대분수 X 자연수 자연수 X 진분수, 자연수 X 대분수 단위분수 X 단위분수 |
| 2학기 | 소수의 곱셈 | 소수 X 자연수, 자연수, 소수 X 소수 |
| | 합동과 대칭 | 합동, 대응점, 대응변, 대응각, 선대칭도형, 대칭축, 점대칭도형, 대칭의 중심 |
| | 분수의 나눗셈 | 진분수 ÷ 자연수, 가분수 ÷ 자연수, 대분수 ÷ 자연수 |
| | 소수의 나눗셈 | 소수 ÷ 자연수, 자연수 ÷ 자연수 |
| | 여러 가지 단위 | 1a, 1ha, $1km^2$, 1t |
| | 자료의 표현 | 평균 |

[6학년 수학 단원과 개념]

| 학기 | 단원명 | 수학 개념 |
| --- | --- | --- |
| 1학기 | 각기둥과 각뿔 | 각기둥, 밑면, 옆면, 모서리, 꼭짓점, 높이, 각뿔, 밑면, 옆면, 각뿔의 꼭짓점, 높이, 전개도 |
| | 분수의 나눗셈 | 자연수 ÷ 분수<br>분모가 같은 진분수끼리의 나눗셈<br>분모가 다른 진분수끼리의 나눗셈<br>대분수의 나눗셈 |
| | 소수의 나눗셈 | 소수 한 자리 수 ÷ 소수 한 자리 수<br>소수 두 자리 수 ÷ 소수 두 자리 수<br>소수 두 자리 수 ÷ 소수 한 자리 수<br>자연수 ÷ 소수 한 자리 수 |
| | 비와 비율 | 비, 비교하는 양, 기준량, 비의 값, 비율, 백분율, %, 속력, 시속, 분속, 초속, 인구밀도, 용액의 진하기 |
| | 원의 넓이 | 원주, 원주율, 원의 넓이 |
| | 직육면체의 겉넓이와 부피 | 직육면체의 겉넓이, 정육면체의 겉넓이, $1cm^2$, 직육면체의 부피 |
| 2학기 | 쌓기 나무 | 쌓기 나무 수, 위, 앞, 옆에서 본 모양 여러 가지 모양 만들기 |
| | 비례식과 비례배분 | 전항, 후항, 비례식, 외항, 내항, 비의 성질, 비례식의 성질, 비례배분 |
| | 원기둥, 원뿔, 구 | 원기둥, 원기둥의 옆면, 밑면, 높이, 꼭짓점, 모선, 높이, 구, 구의 중심, 구의 반지름 |
| | 비율 그래프 | 띠그래프, 원그래프 |
| | 정비례와 반비례 | 정비례, 비례상수, 반비례, 비례상수 |
| | 여러 가지 문제 | 분수와 소수의 계산, 규칙에 따라 사각형 안에 숫자 배열하기, 도형을 똑 같은 모양으로 나누기 |

# 부록 3. 초등 영어 기본 800 단어(교육부 제시)

## [기본 800단어]

| | Word | Meaning | | Word | Meaning |
|---|---|---|---|---|---|
| 1 | act | 행동하다. | 1 | cap | 모자 |
| 2 | fact | 사실 | 2 | map | 지도 |
| 3 | can | 할 수 있다. | 3 | as | ~와 같이 |
| 4 | man | 남자 | 4 | ask | 묻다. |
| 5 | at | ~에 | 5 | gas | 가스 |
| 6 | cat | 고양이 | 6 | pass | 통과하다, 지나가다. |
| 7 | fat | 뚱뚱한 | 7 | glass | 유리 |
| 8 | hat | 모자 | 8 | bag | 가방 |
| 9 | camp | 야영지, 야영 | 9 | candle | 양초 |
| 10 | lamp | 등, 램프 | 10 | candy | 사탕 |
| 11 | stamp | 짓밟다. 도장 찍다. | 11 | bank | 은행 |
| 12 | last | 마지막의 | 12 | pants | 바지 |
| 13 | fast | 빠른 | 13 | class | 종류, 등급, 반 |
| 14 | bath | 목욕 | 14 | dance | 춤추다. |
| 15 | half | 반, 1/2 | 15 | plan | 계획 |
| 16 | and | 그리고 | 16 | plant | 식물 |
| 17 | band | 무리, 결합시키다. | 17 | handle | 다루다, 손잡이 |
| 18 | hand | 손 | 18 | happen | 일어나다, 발생하다. |
| 19 | land | 땅 | 19 | happy | 행복한 |
| 20 | sand | 모래 | 20 | hamburger | 햄버거 |
| 21 | stand | 서다. | 21 | family | 가족 |
| 22 | bad | 나쁜 | 22 | back | 등, 뒤 |
| 23 | dad | 아빠 | 23 | angry | 화난 |
| 24 | mad | 화난, 미친 | 24 | answer | 대답하다. |
| 25 | sad | 슬픈 | 25 | apple | 사과 |

| | Word | Meaning | | Word | Meaning |
|---|---|---|---|---|---|
| 1 | bed | 침대 | 1 | dress | 여성복, 드레스 |
| 2 | red | 빨간 | 2 | empty | 빈 |
| 3 | get | 얻다, 받다. | 3 | help | 돕다. |
| 4 | let | 하게 하다, 시키다. | 4 | melon | 멜론, 참외류 |
| 5 | set | 두다, 놓다. | 5 | every | 모든 |
| 6 | yet | 아직 | 6 | medal | 메달, 훈장 |
| 7 | wet | 젖은 | 7 | neck | 목 |
| 8 | hen | 암탉 | 8 | engine | 엔진, 기관차 |
| 9 | pen | 펜, 볼펜 | 9 | next | 다음의 |
| 10 | then | 그러고 나서, 그러면 | 10 | smell | 냄새 맡다. |
| 11 | when | 언제 | 11 | tennis | 테니스 |
| 12 | end | 끝 | 12 | yes | 예, 그렇습니다. |
| 13 | send | 보내다. | 13 | welcome | 환영하다. |
| 14 | bench | 긴 의자, 벤치 | 14 | very | 매우 |
| 15 | spend | 쓰다, 소비하다. | 15 | spell | 철자를 말하다, 주문 |
| 16 | rest | 휴식, 나머지 | 16 | telephone | 전화 |
| 17 | test | 시험 | 17 | dead | 죽은 |
| 18 | west | 서쪽 | 18 | bread | 빵 |
| 19 | bell | 종 | 19 | head | 머리 |
| 20 | tell | 말하다. | 20 | heavy | 무거운 |
| 21 | sell | 팔다. | 21 | excellent | 뛰어난, 우수한 |
| 22 | well | 우물 | 22 | exercise | 운동, 연습 |
| 23 | desk | 책상 | 23 | hello | 안녕 |
| 24 | egg | 알 | 24 | left | 왼쪽 |
| 25 | center | 중앙 | 25 | never | 결코~않다. |

|  | Word | Meaning |  | Word | Meaning |
|---|---|---|---|---|---|
| 1 | big | 큰 | 1 | swing | 흔들다,그네 |
| 2 | pig | 돼지 | 2 | bring | 가져오다. |
| 3 | dish | 접시 | 3 | thing | 것, 물건 |
| 4 | fish | 물고기 | 4 | lip | 입술 |
| 5 | ill | 병난, 아픈 | 5 | ship | 배 |
| 6 | hill | 언덕 | 6 | trip | 여행 |
| 7 | kill | 죽이다. | 7 | fix | 고치다,<br>고정하다. |
| 8 | fill | 채우다. | 8 | this | 이것 |
| 9 | will | ~할 것이다. | 9 | kick | 차다. |
| 10 | till | ~까지 | 10 | sick | 병든, 아픈 |
| 11 | milk | 우유 | 11 | city | 도시 |
| 12 | it | 그것 | 12 | dinner | 저녁 |
| 13 | hit | 치다, 때리다. | 13 | film | 영화 |
| 14 | sit | 앉다. | 14 | give | 주다. |
| 15 | in | ~안에 | 15 | live | 살다. |
| 16 | pin | 핀 | 16 | finger | 손가락 |
| 17 | win | 이기다. | 17 | into | ~안으로 |
| 18 | thin | 얇은 | 18 | kid | 어린아이,<br>새끼염소 |
| 19 | ink | 잉크 | 19 | list | 목록 |
| 20 | pink | 분홍색 | 20 | Miss | ~양(미혼 여자) |
| 21 | drink | 마시다. | 21 | finish | 끝내다. |
| 22 | think | 생각하다. | 22 | introduce | 소개하다. |
| 23 | king | 왕 | 23 | if | 만약~한다면 |
| 24 | sing | 노래하다. | 24 | swim | 수영하다. |
| 25 | wing | 날개 | 25 | ring | 반지 |

| | Word | Meaning | | Word | Meaning |
|---|---|---|---|---|---|
| 1 | box | 상자 | 1 | sun | 해 |
| 2 | hot | 더운, 뜨거운 | 2 | fun | 즐거움, 재미 |
| 3 | lot | 몫, 제비, 당첨 | 3 | run | 달리다. |
| 4 | not | 아니다. | 4 | lunch | 점심 |
| 5 | top | 꼭대기 | 5 | but | 그러나 |
| 6 | drop | 떨어뜨리다. | 6 | cut | 자르다. |
| 7 | stop | 멈추다. | 7 | up | 위로 |
| 8 | shop | 가게 | 8 | cup | 컵 |
| 9 | body | 몸 | 9 | bus | 버스 |
| 10 | mom | 엄마 | 10 | drum | 북 |
| 11 | doll | 인형 | 11 | jump | 뛰다. |
| 12 | job | 일 | 12 | duck | 오리 |
| 13 | God | 신 | 13 | luck | 행운 |
| 14 | bottle | 병 | 14 | just | 단지 |
| 15 | sock | 양말 | 15 | must | ~해야만 한다. |
| 16 | rock | 바위 | 16 | much | 많은(양) |
| 17 | clock | 시계 | 17 | brush | 솔질하다. |
| 18 | copy | 복사하다. | 18 | butter | 버터 |
| 19 | coffee | 커피 | 19 | button | 단추 |
| 20 | doctor | 의사 | 20 | club | 동호회, 클럽 |
| 21 | hospital | 병원 | 21 | hundred | 백 |
| 22 | dollar | 달러 | 22 | jungle | 정글 |
| 23 | dolphin | 돌고래 | 23 | number | 숫자 |
| 24 | follow | 뒤따르다. | 24 | study | 공부하다. |
| 25 | holiday | 휴일 | 25 | supper | 저녁 |

|  | Word | Meaning |  | Word | Meaning |
|---|---|---|---|---|---|
| 1 | basket | 바구니 | 1 | base | 기초, 토대 |
| 2 | black | 검은색(의) | 2 | case | 경우, 사건 |
| 3 | calendar | 달력 | 3 | face | 얼굴 |
| 4 | gentle | 부드러운 | 4 | place | 장소 |
| 5 | capital | 수도, 서울 | 5 | name | 이름 |
| 6 | captain | 선장, 장 | 6 | same | 같은 |
| 7 | chance | 기회 | 7 | game | 시합, 게임 |
| 8 | chopstick | 젓가락 | 8 | date | 날짜 |
| 9 | dictionary | 사전 | 9 | gate | 대문 |
| 10 | fresh | 신선한 | 10 | hate | 미워하다. |
| 11 | glad | 기쁜 | 11 | late | 늦은 |
| 12 | grass | 잔디 | 12 | skate | 스케이트(타다.) |
| 13 | grandmot her | 할머니 | 13 | age | 나이 |
| 14 | hungry | 배고픈 | 14 | page | 페이지 |
| 15 | hurry | 서두르다. | 15 | lake | 호수 |
| 16 | interest | 재미있는 | 16 | cake | 케이크 |
| 17 | knock | 노크하다. | 17 | take | 가져가다. |
| 18 | leg | 다리 | 18 | wake | 깨우다. |
| 19 | listen | 듣다. | 19 | make | 만들다. |
| 20 | little | 작은 | 20 | tape | 테이프 |
| 21 | marry | 결혼하다. | 21 | shape | 모양 |
| 22 | mirror | 거울 | 22 | grape | 포도 |
| 23 | rich | 부유한 | 23 | mail | 우편물, 우편 |
| 24 | pencil | 연필 | 24 | table | 탁자 |
| 25 | wind | 바람 | 25 | safe | 안전한 |

| | Word | Meaning | | Word | Meaning |
|---|---|---|---|---|---|
| 1 | rain | 비 | 1 | be | 이다. |
| 2 | rainbow | 무지개 | 2 | he | 그, 그는 |
| 3 | paint | 물감, 그리다. | 3 | we | 우리, 우리는 |
| 4 | train | 기차 | 4 | sea | 바다 |
| 5 | may | ~일지 모른다. | 5 | see | 보다. |
| 6 | say | 말하다. | 6 | tea | 차 |
| 7 | day | 날, 낮 | 7 | knee | 무릎 |
| 8 | pay | 지불하다. | 8 | free | 자유로운 |
| 9 | way | 길, 방법 | 9 | tree | 나무 |
| 10 | gray | 회색의 | 10 | eat | 먹다. |
| 11 | play | 놀다. | 11 | meat | 고기 |
| 12 | stay | 머무르다. | 12 | meet | 만나다. |
| 13 | waste | 낭비하다. | 13 | seat | 자리, 좌석 |
| 14 | away | 저리로, 떨어진 | 14 | sheet | 시트, 한 장 |
| 15 | lady | 숙녀 | 15 | sweet | 달콤한 |
| 16 | baby | 아기 | 16 | street | 거리 |
| 17 | afraid | 두려워하여, 걱정하여 | 17 | queen | 여왕 |
| 18 | taste | 맛보다. | 18 | green | 녹색의 |
| 19 | wait | 기다리다. | 19 | clean | 깨끗한 |
| 20 | air | 공기 | 20 | feel | 느끼다. |
| 21 | airport | 공항 | 21 | real | 진짜의 |
| 22 | chair | 의자 | 22 | lead | 이끌다. |
| 23 | fair | 공정한 | 23 | need | 필요한 |
| 24 | hair | 머리카락 | 24 | read | 읽다. |
| 25 | pair | 한 쌍 | 25 | speed | 빠름, 속도 |

| | Word | Meaning | | Word | Meaning |
|---|---|---|---|---|---|
| 1 | team | 팀, 조 | 1 | fine | 좋은 |
| 2 | cream | 크림 | 2 | line | 선 |
| 3 | steam | 수증기 | 3 | pine | 소나무 |
| 4 | weak | 약한 | 4 | hide | 숨다. |
| 5 | week | 주, 한주 | 5 | ride | 타다. |
| 6 | speak | 말하다. | 6 | side | 옆, 옆부분 |
| 7 | deep | 깊은 | 7 | wide | 넓은 |
| 8 | sheep | 양 | 8 | slide | 미끄러지다. |
| 9 | sleep | 자다. | 9 | beside | 옆에 |
| 10 | cheap | 싼 | 10 | ice | 얼음 |
| 11 | beach | 해변 | 11 | rice | 쌀, 밥 |
| 12 | teach | 가르치다. | 12 | nice | 좋은 |
| 13 | ear | 귀 | 13 | bike | 자전거 |
| 14 | deer | 사슴 | 14 | like | 좋아하는 |
| 15 | hear | 듣다. | 15 | strike | 치다. |
| 16 | near | 근처에, 가까이 | 16 | I | 나(는) |
| 17 | bear | 곰 | 17 | hi | 안녕 |
| 18 | here | 여기 | 18 | high | 높은 |
| 19 | east | 동쪽(의) | 19 | lie | 거짓말(하다.) |
| 20 | leaf | 나뭇잎 | 20 | tie | 넥타이, 묶다. |
| 21 | beautiful | 아름다운 | 21 | die | 죽다. |
| 22 | cheese | 치즈 | 22 | white | 하얀색(의) |
| 23 | dream | 꿈 | 23 | write | 쓰다. |
| 24 | easy | 쉬운 | 24 | knife | 칼 |
| 25 | key | 열쇠 | 25 | drive | 운전하다. |

|  | Word | Meaning |  | Word | Meaning |
|---|---|---|---|---|---|
| 1 | fire | 불 | 1 | ago | 전에 |
| 2 | tired | 피곤한 | 2 | blow | 불다. |
| 3 | size | 크기 | 3 | cold | 찬, 추운 |
| 4 | pipe | 파이프 | 4 | gold | 금 |
| 5 | time | 시간 | 5 | old | 늙은, 오래된 |
| 6 | smile | 미소 짓다. | 6 | hold | 잡다. |
| 7 | behind | ~뒤에 | 7 | know | 알다. |
| 8 | find | 찾다. | 8 | okay | 좋아 |
| 9 | kind | 친절한 | 9 | OK | 좋아 |
| 10 | bright | 밝은 | 10 | oh | 아(감탄사) |
| 11 | light | 빛, 가벼운 | 11 | glove | 장갑 |
| 12 | fight | 싸우다, 싸움 | 12 | only | 단지, 오직 |
| 13 | night | 밤 | 13 | open | 열다. |
| 14 | hiking | 하이킹, 도보여행 | 14 | over | ~위로 |
| 15 | by | ~옆에 | 15 | piano | 피아노 |
| 16 | bye | 안녕 | 16 | robot | 로봇 |
| 17 | cry | 울다. | 17 | zero | 영, 0 |
| 18 | dry | 마른, 건조한 | 18 | ruler | 자 |
| 19 | fly | 날다. | 19 | use | 사용하다. |
| 20 | sky | 하늘 | 20 | blue | 파란색(의) |
| 21 | try | 해보다, 시험하다. | 21 | true | 사실, 참된 |
| 22 | why | 왜 | 22 | fruit | 과일 |
| 23 | idea | 생각, 아이디어 | 23 | do | 하다. |
| 24 | arrive | 도착하다. | 24 | to | ~에게, 로 |
| 25 | child | 어린이 | 25 | move | 움직이다. |

| | Word | Meaning | | Word | Meaning |
|---|---|---|---|---|---|
| 1 | boat | 배 | 1 | book | 책 |
| 2 | coat | 외투, 코트 | 2 | cook | 요리하다, 요리사 |
| 3 | note | 메모, 짧은 편지 | 3 | look | 보다. |
| 4 | stone | 돌 | 4 | foot | 발 |
| 5 | phone | 전화 | 5 | good | 좋은 |
| 6 | nose | 코 | 6 | food | 음식 |
| 7 | rose | 장미 | 7 | wood | 목재(나무) |
| 8 | close | 닫다. | 8 | fool | 바보 |
| 9 | smoke | 담배 피다. | 9 | pool | 물웅덩이 |
| 10 | hope | 바라다, 희망 | 10 | roof | 지붕 |
| 11 | soap | 비누 | 11 | room | 방 |
| 12 | go | 가다. | 12 | shoot | 쏘다. |
| 13 | so | 그래서 | 13 | soon | 곧 |
| 14 | no | ~도 없는, 아닌 | 14 | spoon | 숟가락 |
| 15 | show | 보여주다. | 15 | moon | 달 |
| 16 | grow | 자라다, 키우다. | 16 | tooth | 이(치아) |
| 17 | snow | 눈 | 17 | zoo | 동물원 |
| 18 | slow | 느린 | 18 | too | 역시, 또한 |
| 19 | low | 낮은 | 19 | cool | 선선한 |
| 20 | throw | 던지다. | 20 | afternoo n | 오후 |
| 21 | hose | 긴 양말, 스타킹 | 21 | Balloon | 풍선 |
| 22 | hole | 구멍 | 22 | Floor | 마루, 층 |
| 23 | home | 집 | 23 | Door | 문 |
| 24 | road | 길 | 24 | Today | 오늘 |
| 25 | stove | 스토브, 난로 | 25 | Poor | 불쌍한, 가난한 |

|  | Word | Meaning |  | Word | Meaning |
|---|---|---|---|---|---|
| 1 | all | 모두 | 1 | brother | 남자형제 |
| 2 | call | 부르다. | 2 | computer | 컴퓨터 |
| 3 | fall | 떨어지다. | 3 | corner | 모퉁이 |
| 4 | hall | 회관, 홀, 복도 | 4 | cover | 덮다. |
| 5 | tall | 키 큰 | 5 | danger | 위험 |
| 6 | ball | 공 | 6 | eraser | 지우개 |
| 7 | small | 작은 | 7 | father | 아버지 |
| 8 | salt | 소금 | 8 | flower | 꽃 |
| 9 | always | 항상 | 9 | latter | 나중의 |
| 10 | far | 먼, 멀리 | 10 | mother | 어머니 |
| 11 | farm | 농장 | 11 | other | 다른 |
| 12 | hard | 단단한, 열심히 | 12 | paper | 종이 |
| 13 | large | 큰 | 13 | poster | 포스터, 벽보 |
| 14 | market | 시장 | 14 | service | 서비스, 도움이 되는 |
| 15 | park | 공원 | 15 | shoulder | 어깨 |
| 16 | party | 파티 | 16 | shower | 소나기 |
| 17 | pardon | 용서 | 17 | silver | 은 |
| 18 | star | 별 | 18 | sister | 여자형제 |
| 19 | start | 시작하다. | 19 | soccer | 축구 |
| 20 | dark | 어두운 | 20 | together | 함께 |
| 21 | car | 차 | 21 | under | 아래에 |
| 22 | card | 카드 | 22 | wonder | 놀랄만한 |
| 23 | arm | 팔 | 23 | winter | 겨울 |
| 24 | garden | 정원 | 24 | yesterday | 어제 |
| 25 | march | 행진하다. | 25 | remembe r | 기억하다. |

|  | Word | Meaning |  | Word | Meaning |
|---|---|---|---|---|---|
| 1 | bird | 새 | 1 | about | ~에 관하여 |
| 2 | birthday | 생일 | 2 | around | 주변에, ~경에 |
| 3 | circle | 동그라미, 원 | 3 | cloud | 구름 |
| 4 | dirty | 더러운 | 4 | count | 세다 |
| 5 | girl | 소녀 | 5 | ground | 운동장, 땅 |
| 6 | sir | 님, 귀하 | 6 | house | 집 |
| 7 | thirsty | 목마른 | 7 | loud | 큰, 시끄러운 |
| 8 | before | 전에, 앞에 | 8 | mountai<br>n | 산 |
| 9 | for | ~를 위한, 까닭은 | 9 | mouth | 입 |
| 10 | forget | 잊다. | 10 | out | 밖에 |
| 11 | fork | 포크 | 11 | round | 둥근 |
| 12 | horse | 말 | 12 | sound | 소리 |
| 13 | morning | 아침 | 13 | thousan<br>d | 천 |
| 14 | north | 북쪽 | 14 | cow | 소 |
| 15 | or | 또는 | 15 | down | 아래로 |
| 16 | sport | 스포츠, 운동 | 16 | how | 어떻게 |
| 17 | sorry | 미안한 | 17 | now | 이제 |
| 18 | store | 가게 | 18 | town | 읍, 마을 |
| 19 | storm | 폭풍우 | 19 | boy | 소년 |
| 20 | story | 이야기 | 20 | toy | 장난감 |
| 21 | burn | 타다. | 21 | coin | 동전 |
| 22 | curtain | 커튼 | 22 | join | 결합하다. |
| 23 | hurt | 다치게 하다. | 23 | oil | 기름 |
| 24 | nurse | 간호사 | 24 | noise | 소음 |
| 25 | surprise | 놀라게 하다. | 25 | point | 끝, 점 |

|  | Word | Meaning |  | Word | Meaning |
|---|---|---|---|---|---|
| 1 | chalk | 분필 | 1 | thick | 두꺼운, 빽빽한 |
| 2 | change | 바꾸다. | 2 | quick | 빠른 |
| 3 | chicken | 닭, 병아리 | 3 | pick | 고르다, 집다. |
| 4 | church | 교회 | 4 | truck | 트럭 |
| 5 | catch | 잡다. | 5 | stick | 막대기 |
| 6 | kitchen | 부엌 | 6 | long | 긴 |
| 7 | watch | 지켜보다. | 7 | along | 따라서 |
| 8 | touch | 만지다. | 8 | song | 노래 |
| 9 | shall | ~일 것이다. | 9 | among | ~사이에 |
| 10 | she | 그녀, 그녀는 | 10 | ceiling | 천정 |
| 11 | shirt | 셔츠 | 11 | evening | 저녁 |
| 12 | shoe | 신발 | 12 | spring | 봄 |
| 13 | short | 짧은, 간결한 | 13 | strong | 강한 |
| 14 | shout | 외치다. | 14 | wrong | 나쁜. 옳지 못한 |
| 15 | shut | 닫다, 잠그다. | 15 | young | 젊은 |
| 16 | than | ~보다. | 16 | cross | 건너다. |
| 17 | thank | ~에게 감사하다. | 17 | across | 가로질러 |
| 18 | that | 저것 | 18 | dial | 다이얼, 눈금판 |
| 19 | this | 이것 | 19 | island | 섬 |
| 20 | there | 거기에 | 20 | lion | 사자 |
| 21 | they | 그들은 | 21 | tiger | 호랑이 |
| 22 | what | 무엇 | 22 | pilot | 파일럿, 조종사 |
| 23 | where | 어디에 | 23 | quiet | 조용한 |
| 24 | which | 어떤 것 | 24 | sign | 표시, 신호, 간판 |
| 25 | who | 누구 | 25 | right | 옳은 |

|  | Word | Meaning |  | Word | Meaning |
|---|---|---|---|---|---|
| 1 | begin | 시작하다. | 1 | a(n) | 하나의,<br>한 사람의 |
| 2 | bridge | 다리 | 2 | album | 앨범 |
| 3 | build | 짓다. | 3 | banana | 바나나 |
| 4 | guitar | 기타 | 4 | brown | 갈색 |
| 5 | middle | 가운데의 | 5 | camera | 카메라, 사진기 |
| 6 | million | 100만 | 6 | crayon | 크레용 |
| 7 | minute | 분 | 7 | earth | 지구 |
| 8 | office | 사무실 | 8 | famous | 유명한 |
| 9 | picnic | 소풍 | 9 | great | 위대한, 큰 |
| 10 | river | 강 | 10 | have | 가지다. |
| 11 | window | 창문 | 11 | lesson | 수업, 레슨 |
| 12 | ticket | 표 | 12 | ma`am | 여자 어른 호칭 |
| 13 | stupid | 어리석은 | 13 | off | 떨어져서, 멀리 |
| 14 | picture | 그림, 사진 | 14 | orange | 오렌지 |
| 15 | print | 인쇄하다. | 15 | please | 제발,<br>기쁘게 하다. |
| 16 | ribbon | 리본, 띠 | 16 | put | 놓다, 두다. |
| 17 | switch | 스위치 | 17 | return | 돌아가다,<br>되돌아오다. |
| 18 | taxi | 택시 | 18 | school | 학교 |
| 19 | visit | 방문하다. | 19 | student | 학생 |
| 20 | tulip | 튤립 | 20 | tomato | 토마토 |
| 21 | with | 함께, 가지고 | 21 | turn | 돌다,<br>회전시키다. |
| 22 | video | 비디오 | 22 | violin | 바이올린 |
| 23 | police | 경찰 | 23 | want | 원하다. |
| 24 | village | 마을 | 24 | wash | 씻다. |
| 25 | practice | 연습하다. | 25 | yeah | 정말, 그래 |

|  | Word | Meaning |  | Word | Meaning |
|---|---|---|---|---|---|
| 1 | yellow | 노란색의 | 1 | come | 오다, 가다. |
| 2 | word | 단어 | 2 | become | ~이 되다. |
| 3 | tonight | 오늘 밤 | 3 | leave | 두다, 떠나다. |
| 4 | space | 공간, 우주 | 4 | lose | 잃다. |
| 5 | rocket | 로켓 | 5 | love | 사랑 |
| 6 | uncle | 삼촌 | 6 | learn | 배우다. |
| 7 | peace | 평화 | 7 | keep | 지키다, 유지하다. |
| 8 | on | ~위에, 표면에 | 8 | push | 밀다. |
| 9 | season | 계절 | 9 | record | 기록하다, 녹음하다. |
| 10 | war | 전쟁 | 10 | repeat | 반복하다. |
| 11 | people | 사람들, 국민 | 11 | walk | 걷다. |
| 12 | question | 질문 | 12 | underst and | 이해하다. |
| 13 | vacation | 휴가 | 13 | care | 걱정, 돌보다. |
| 14 | year | 해, 년 | 14 | excuse | 용서하다. |
| 15 | through | 통과하여 | 15 | wear | 입다. |
| 16 | summer | 여름 | 16 | front | 앞부분, 앞에 |
| 17 | parent | 부모님 | 17 | soft | 부드러운 |
| 18 | after | 후에 | 18 | some | 약간의 |
| 19 | animal | 동물 | 19 | straight | 곧은 |
| 20 | from | ~로부터 | 20 | strange | 이상한 |
| 21 | movie | 영화 | 21 | sure | 확실한, 반듯이 |
| 22 | often | 자주 | 22 | betwee n | ~사이에 |
| 23 | group | 그룹, 무리 | 23 | usual | 평소의 |
| 24 | below | 아래에 | 24 | twice | 두 번 |
| 25 | enjoy | 즐기다. | 25 | tomorr ow | 내일 |

|  | Word | Meaning |  | Word | Meaning |
|---|---|---|---|---|---|
| 1 | few | 거의 없는, 소수의 | 1 | Aunt | 아주머니, 이모 |
| 2 | new | 새로운 | 2 | o`clock | 시(정각) |
| 3 | news | 소식 | 3 | Music | 음악 |
| 4 | autumn | 가을 | 4 | Juice | 주스 |
| 5 | daughter | 딸 | 5 | Friend | 친구 |
| 6 | strawberry | 딸기 | 6 | Board | 널빤지, 마분지 |
| 7 | draw | 그리다 | 7 | Course | 과정 |
| 8 | breakfast | 아침 식사 | 8 | Eye | 눈 |
| 9 | sweater | 스웨터 | 9 | Bright | 밝은 |
| 10 | weather | 날씨 | 10 | Mr. | ~씨 |
| 11 | color | 색깔 | 11 | Mrs. | ~씨 부인 |
| 12 | any | 무슨, 조금도 | 12 | Clothes | 옷 |
| 13 | baby | 아기 | 13 | Piece | 조각 |
| 14 | busy | 바쁜 | 14 | Travel | 여행하다. |
| 15 | carry | 운반하다, 가지고 가다. | 15 | Umbrella | 우산 |
| 16 | country | 시골, 나라 | 16 | Wall | 벽 |
| 17 | diary | 일기 | 17 | Station | 역 |
| 18 | early | 일찍 | 18 | Post | 우편 |
| 19 | library | 도서관 | 19 | Radio | 라디오 |
| 20 | many | 많은 | 20 | Skirt | 치마 |
| 21 | money | 돈, 화폐 | 21 | Temple | 절, 사원 |
| 22 | monkey | 원숭이 | 22 | Water | 물 |
| 23 | pretty | 예쁜 | 23 | Soup | 비누 |
| 24 | ready | 준비된 | 24 | Step | 발걸음 |
| 25 | buy | 사다. | 25 | Warm | 따뜻한 |

|  | Word | Meaning |  | Word | Meaning |
|---|---|---|---|---|---|
| 1 | pocket | 주머니 | 1 | Address | 주소 |
| 2 | restaurant | 식당 | 2 | Becaus<br>e | 왜나하면 |
| 3 | son | 아들 | 3 | Break | 깨뜨리다. |
| 4 | woman | 여자 | 4 | Climb | 오르다. |
| 5 | stairs | 계단 | 5 | Cousin | 사촌 |
| 6 | potato | 감자 | 6 | Excite | 흥분시키다. |
| 7 | present | 현재의 | 7 | Flag | 깃발 |
| 8 | problem | 문제 | 8 | Full | 가득찬 |
| 9 | salad | 샐러드 | 9 | Heart | 마음 |
| 10 | vegetable | 야채 | 10 | Laugh | 웃다. |
| 11 | south | 남쪽 | 11 | Model | 모형, 표본 |
| 12 | television | 텔레비전 | 12 | Narrow | 좁은 |
| 13 | sugar | 설탕 | 13 | Of | ~의 |
| 14 | square | 정사각형 | 14 | Once | 한번, 옛날에 |
| 15 | apartment | 아파트 | 15 | Pear | 배 |
| 16 | bowl | 그릇, 사발 | 16 | Talk | 말하다. |
| 17 | month | 달(월) | 17 | Until | ~까지 |
| 18 | hour | 시간 | 18 | Yes | 예 |
| 19 | hotel | 호텔 | 19 | World | 세상 |
| 20 | example | 예, 보기 | 20 | Roll | 구르다. |
| 21 | enough | 충분한 | 21 | Work | 일하다. |
| 22 | classmate | 급우, 반 친구 | 22 | Plane | 비행기 |
| 23 | meter | 미터 | 23 | You | 너, 너희들 |
| 24 | matter | 물질 | 24 | Score | 점수 |
| 25 | cassette | 카세트,<br>작은 상자 | 25 | Pull | 잡아당기다. |

# 에필로그

우리 아이들은 초등학교 6년을 마치고 중학교에 입학할 것이다. 먼저 아래의 도표를 보자.

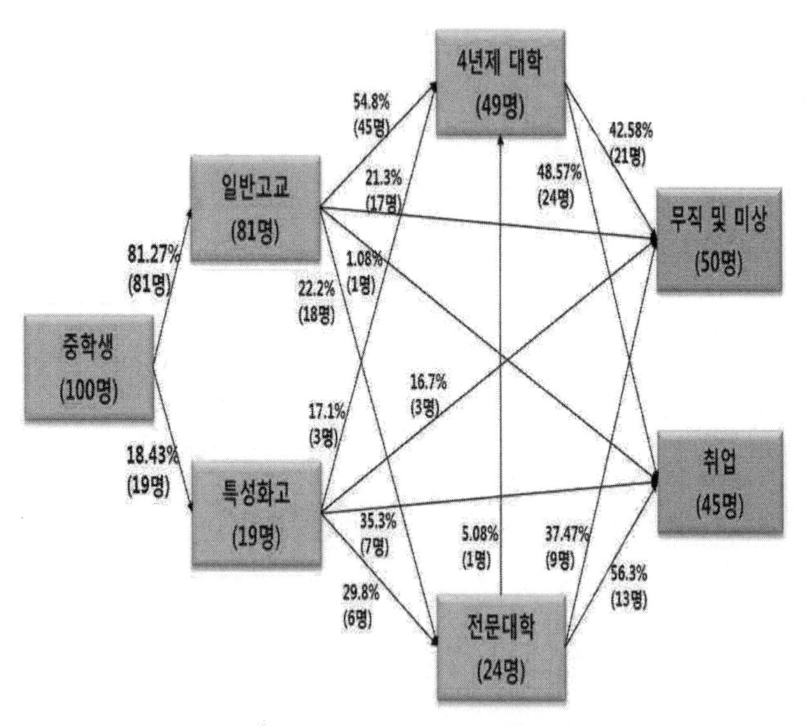


***출처*** **: 정태화 외(2009), 「직업교육 혁신2020」한국직업능력개발원(2013년 수치 및 내용 보완)**

(참고: 취업 45, 무직 50에 5명이 비는 것은 4명 대학원 진학, 1명 졸업 후 군 입대)

현재 대한민국의 중학생 100명이 진로에 따라 노동시장을 진입하는 형태를 보여주는 연구다. 현재 대한민국은 젊은 학생 100명 중 50명이 제때 취업을 못하고 있는데 오히려 일반고에서 바로 무직으로 이어지는 비율이 특성화고보다도 크다. 즉 일반고에는 대학교에 대한 목표, 의지가 없고 그렇다고 취업에 대한 교육도 받지 못하는 아이들이 많이 몰려있다는 이야기다. 한마디로 갈 곳이 없어 교실에 앉아있는 것이지 이들을 위한 그 어떤 교육도 존재하지 않는 셈이다.

일반고의 위기는 이게 참모습이다. 교육이 아이의 진로에 대해 목표를 주지 못하고 있는 이 상황이 진짜 위기인 것이다. 자사고가 없어져 우수학생이 같은 교실에 있다 한들 이 아이들이 달라지는 것은 전혀 없다. 내가 일반고-자사고 논쟁이 하찮다는 이유가 바로 여기에 있다. 외고, 국제고, 자사고를 그냥 내버려 두든 일반고로 다 통일하든 이 문제는 지금의 시스템으로는 풀리지 않기 때문이다. 서로 사정도 모르면서 생각과 이념으로 겉만 짚어 이야기하는 형국이다.

일반고에서 SKY대학 몇 명 더 가면 일반고의 위기가 끝난 것인가? 저 아이들의 진로가 자동으로 풀릴 것인가? 아니다. 저 아이들에게 적극적으로 다가가 꿈을 갖게 해주고 사회인으로서 기초 틀을 마련해줄 수 있는 방법을 제시하는 것이 진정한 일반고 위기의 해법이다. 또 일반고의 위기라고만 이야기하는 데 사실 관심조차 못 받고 있는 지방대의 위기도 같은 맥락이다. 지금은 균형 잡힌 시스템의 고도화가 필요한 시점이다.

세상에 쓸데없는 걱정이 부자 걱정, 연애인 걱정, 정치인 걱정이라고 한다. 우리나라는 아마도 공부 잘하는 상위권 아이들만 가는 명문고 걱정만 할 것이다. 일반고의 50%는 외고, 국제고, 자사고가 폐지되어도 지금과 같이 관심도 대책도 없을 것이다.

그래서 필자는 우울하지만 말하고 싶다. 부모가 중심을 잡고 아이와 같이 진로에 대해 진지한 고민을 해야 한다고. 우리 아이가 일반고 50%가 되어 그냥 교실의 자리를 채우고 있을 수도 있다. 그렇게 되지 않기 위해서는 부모들이 진지하게 고민하고 대화해야 한다. 당신은 알고 있을 것이다. 교육부도 학교도 해결해 주지 않는다는 것을 말이다.

우리나라에서 길이 안 보인다면 해외에서라도 지구 끝이라도 가서 길을 찾아야 한다. 사랑하는 아이들을 위해서 고민하고 관심을 가져야 한다. 아이의 장래를 위하는 것이 무엇인지 말이다.

부모가 노력만큼 아이는 성장하고 꿈을 꾸며,
자신의 미래를 만들어 갈 것이다.